DAGMAR FOHL
Alma

KEIN VERGESSEN Hamburg 1933. Aaron Stern, assimilierter Jude und Cellist, betreibt einen Musikalienhandel in der Stadt. Er erlebt die Machtergreifung durch die Nationalsozialisten und die zunehmende Bedrohung der Juden. In der Pogromnacht wird Aaron verhaftet und im Konzentrationslager interniert. Er wird nur aus der Haft entlassen, wenn er alle Papiere für eine Ausreise aus Deutschland nachweisen kann. Seiner Frau Leah gelingt es, alle Unterlagen sowie Tickets für das HAPAG-Schiff »St. Louis« mit dem Reiseziel Kuba zu besorgen. Doch Leah ist schwanger und erleidet durch die Aufregungen eine Frühgeburt. Mutter und Kind überleben, aber das Kind ist zu schwach für die weite Reise und das Paar muss Deutschland ohne seine Tochter verlassen. Eine verhängnisvolle Odyssee beginnt. In keinem Land finden Aaron und Leah sichere Aufnahme. Nach leidvollen Erfahrungen als Schiffsflüchtling und Lagermusiker kehrt Aaron nach Hamburg zurück, um seine Tochter zu suchen.

© Stephan Gabriel

Dagmar Fohl absolvierte ein Studium der Geschichte und Romanistik in Hamburg und arbeitete als Historikerin und Kulturmanagerin. Heute lebt sie als freie Autorin in Hamburg und schreibt Romane über Menschen in Grenzsituationen. Psychologisch fundiert zeichnet sie Seelenzustände ihrer Protagonisten mit ihren Lebens- und Gewissenskonflikten und beleuchtet gleichzeitig die gesellschaftlichen Verhältnisse und Probleme der jeweiligen Epoche, in der ihre Protagonisten agieren.

Bisherige Veröffentlichungen im Gmeiner-Verlag:
Schneemusik (2017)
Der Schöne im Mohn (2016)
Amrum sehen und sterben (2016)
Palast der Schatten (2013)
Der Duft von Bittermandel (2011)
Die Inseln der Witwen (2010)
Das Mädchen und sein Henker (2009)

DAGMAR FOHL
Alma

Roman

GMEINER SPANNUNG

Dieses Buch wurde vermittelt durch
die Literaturagentur Klaus Middendorf

*Die Figuren der Familie Stern und Lentin sind fiktiv.
Personen wie der Kapitän der »St. Louis«, der Cellist Jakob Sakom, sowie
einige Kommandanten und Musiker sind authentisch.
Der Rahmen der Handlung basiert auf historischen Ereignissen.*

Besuchen Sie uns im Internet:
www.gmeiner-verlag.de

© 2017 – Gmeiner-Verlag GmbH
Im Ehnried 5, 88605 Meßkirch
Telefon 07575 / 2095 - 0
info@gmeiner-verlag.de
Alle Rechte vorbehalten
Copyright der Originalausgabe 2017
1. Auflage 2018

Lektorat: Claudia Senghaas, Kirchardt
Herstellung: Mirjam Hecht
Umschlaggestaltung: U.O.R.G. Lutz Eberle, Stuttgart
unter Verwendung eines Fotos von: © ullstein bild – Imagno
Druck: CPI books GmbH, Leck
Printed in Germany
ISBN 978-3-8392-2242-3

Den Flüchtlingen und Verfolgten

VORWORT

Wir erleben weltweit eine Zeit der Fluchtbewegungen. Millionen von Menschen fliehen vor Kriegen, Hunger und Verfolgung aus ihrer Heimat, um ihr Leben zu retten, um einen Ort zu finden, an dem sie menschenwürdig und in Sicherheit leben können.

Die Menschen flüchten über Land und Meer. Viele finden den Tod. Marode Schiffe, überfüllte Schlauchboote kentern, Tausende von Flüchtlingen ertrinken auf dem Weg nach Italien und Griechenland.

Europa nimmt das in Kauf. Europa schottet sich ab.

Zur Zeit des Nationalsozialismus fanden unzählige, vom Tod bedrohte jüdische Mitbürger, die eine sichere Bleibe suchten, keine Aufnahme in europäischen und anderen Ländern der Welt. Je mehr Menschen flohen, desto stärker waren ihnen Grenzen und Häfen versperrt. Viele von ihnen hätten dem Konzentrationslager, dem Leiden und ihrer Ermordung entrinnen können, wenn der Weg in die Sicherheit für sie offen gewesen wäre.

Wie sieht unsere Gegenwart aus? Krieg und Waffenhandel regieren die Welt. In vielen europäischen Staaten sind Flüchtlinge unerwünscht. Nationalismus und rechte Gesinnung machen sich breit und gefährden die Demokratien. Auch in Deutschland gewinnen rechte Parteien Zulauf. Neonazis und ihre Anhänger setzen Flüchtlingsheime in Brand.

Es gibt keine andere Möglichkeit, als zu sprechen, zu erzählen, aufzuzeigen, Zeugnis abzulegen. Immer und immer wieder. Dagmar Fohl lässt die Zeitzeugen in Form eines Romans wiederaufleben. Sie zeigt in ALMA, warum die Zeit des Nationalsozialismus und der Judenverfolgung mit den Millionen von Opfern nie in Vergessenheit geraten darf.

Möge der Roman etwas bewirken in Zeiten zunehmender Entmenschlichung.

Esther Bejarano

(ehemals Sängerin und Akkordeonistin des Mädchenorchesters von Auschwitz, heute Sängerin und Autorin, Vorsitzende des Auschwitz-Komitees)

*Das Vergangene ist nicht tot;
es ist nicht einmal vergangen.*

William Faulkner

ERSTER TEIL

EINS

Das Schiff lag vor mir, ein mächtiger Koloss, der uns mit seinem dunklen meterhohen Metallkorpus überschattete. Fast 1000 Menschen standen am Pier und warteten darauf, das Schiff zu besteigen.

Mich überkam plötzlich das Gefühl, ein Gefängnis zu betreten. Jedes Schiff ist ein Kerker, sobald man einen Fuß darauf setzt und es abgelegt hat, gibt es kein Entkommen mehr. Man befindet sich in einem abgeschlossenen Raum, egal wie groß das Schiff ist, die einzige Fluchtmöglichkeit ist der Sprung ins Wasser.

Unser Schiff hieß »Saint Louis«, es war ein »Kraft durch Freude«-Schiff, auf dem deutsche Parteimitglieder ihre Traumreisen genossen hatten. Es war ein Luxusdampfer der HAPAG, ein Schiff der Regierung mit deutscher Besatzung, deutschem Kapitän und gehisster Hakenkreuzfahne, auf dem wir nun nach Kuba gebracht werden sollten.

Uns allen blieb keine Wahl. Wir würden in diesen dunklen Nazi-Rumpf mit den fest vernieteten Stahlplatten steigen und aus den winzigen Bullaugen herauslugen, ohne Möglichkeit der Rückkehr, ohne zu wissen, was uns erwartete. Niemand von uns hätte sich umentscheiden können.

Wir kletterten die Gangway hinauf. Leah ging mir voran, sehr langsam und bleiernen Schrittes. Jedes Mal, wenn sie den Fuß vor den anderen setzte, spürte ich ihren Widerstand. Ich legte die rechte Hand in ihren Rücken und schob sie sanft voran. In der Linken hielt ich mein Cello, das in seinem stoßsicheren Instrumentenkoffer steckte. Das Cello war mein Trost, während Leah nichts mehr hatte, an dem sie sich festhalten konnte, außer mir. Ich wünschte mir, sie schützen zu können, wie der schwarze Kasten mein Instrument schützte. Ich schwor mir, alles für unser Überleben zu tun und dafür zu sorgen, eines Tages Alma wieder in unseren Armen halten zu können.

Unter meinen Füßen schwankte die Stiege, die letzten unsicheren Schritte folgten. Wir waren nun an Bord, standen an die Reling gelehnt und blickten auf die Welt, die unser Zuhause, unsere Heimat war, schauten auf die Stadtkulisse mit ihren in der Sonne leuchtenden grünen Kupferdächern und Türmen, die von unzähligen Hakenkreuzfahnen überschattet vor uns lag.

Am Kai winkten die Eltern. Ihre Taschentücher flatterten in der Frühlingsluft wie die Fahnen im Wind.
 Die Kapelle begann zu spielen: Muss i denn, muss i denn zum Städtele hinaus, Städtele hinaus, und du mein Schatz bleibst hier.
 Leah schrie auf. »Ich fahre nicht, ich kann nicht!«
 Sie wand sich aus meinem Arm und versuchte fortzulaufen, noch war der Laufsteg nicht eingezogen. Ich umklammerte sie.

»Leah, sei vernünftig, denk an Alma.«

Sie wehrte sich noch eine Weile, dann sank sie in sich zusammen. Sie verbarg ihren Kopf in meiner Armkuhle und weinte.

Städtele hinaus, Städtele hinaus, tröteten die Bläser, und die Pauke schlug dazu den Takt. Tam tata tum tata tum tita tum tum tum ... Als würden wir das Land freiwillig verlassen, als hätten wir es gut, eine Reise auf diesem »Traumschiff« unternehmen zu dürfen.

Ich hatte Angst, dass wir alle auf hoher See über Bord geworfen würden. Ich beruhigte mich wieder. Wenn wir in ein Propagandaspiel der Regierung geraten waren, wenn unser Schiff ein Vorzeige-Schiff war, um das Ausland zu besänftigen, würde man uns auch lebend nach Havanna bringen.

Es dauerte noch eine Weile, bis alle Passagiere an Bord waren und der Laufsteg eingeholt wurde. Ich wich Leah nicht von der Seite, ich hielt sie im Arm. Ich erlaubte mir keine düsteren Gedanken mehr, ich sammelte meine Kraft für unsere Zukunft. Wir hatten es besser als jene, die im Land bleiben mussten, wir hatten das Geld und die notwendigen Papiere, um auszureisen, wir hatten Martin, der Alma und uns half. Vor meinen Augen erschien das winzige dünnhäutige Mädchen, das meine Tochter war. Sie lebt, sie wird leben!

Die Dampfersirene ertönte dumpf und schwer. Dreimal hintereinander heulte sie auf. Die Matrosen warfen die Vertäuungen los. Das letzte Band, das uns mit der Heimat verbunden hatte, war gekappt. Die Schiffsmaschinen brummten und vibrierten, schwarzer Rauch stieg aus den gestreiften Schornsteinen.

Wir standen auf den Schiffsplanken. Stumm jetzt und ohne Tränen fuhren wir auf den Ozean hinaus. Meine Gefühle schwankten zwischen Heimweh, Trauer und Erleichterung, zwischen Angst und Hoffnung. Noch einmal schwor ich mir, nicht schwach zu sein und Leah zu beschützen, bis wir wieder mit unserer Tochter zusammen waren.

Das Schiff fuhr in die Nacht hinaus. Die Stadt, die sich immer weiter entfernte, in der ich mein bisheriges Leben verbracht hatte, in der Alma, unsere Eltern und unsere Freunde zurückblieben, verschwand in der Dämmerung.

ZWEI

Wir wohnten in der Rothenbaumchaussee schräg gegenüber der Rundfunkanstalt, in der Wohnung direkt oberhalb unseres Geschäftes. Es war eine typische Hamburger Bürgerwohnung mit lang gestrecktem Flur, von dem alle Zimmer abgingen. Schlafzimmer, Bad und Küche gingen zum Hof hinaus, Esszimmer, Wohnzimmer und Musikzimmer lagen zur Straße hin.

Draußen an der Mauer, direkt unterhalb des Musikzimmerfensters, hing unser Firmenschild, es war ein rotes Metallschild mit schwarzer Aufschrift MUSIKALIENHANDEL STERN, rechts und links umrahmt von zwei großen Notenschlüsseln. Darunter befand sich die Eingangstür zu unserem Geschäft. Meine Familie betrieb es schon seit drei Generationen. Wir verkauften Musikinstrumente samt Zubehör sowie Noten und Schallplatten.

Es war kein großes, aber ein sehr gepflegtes und gut sortiertes Geschäft.

Schon als kleines Kind verbrachte ich so viel Zeit wie möglich im Laden. Für mich war es die Welt, in die ich hineingehörte. Inmitten der glänzenden Musikinstrumente fühlte ich mich geborgen.

Musik bestimmte und begleitete mein Leben. Mein Vater spielte Geige, meine Mutter Cello, meine Tante Klarinette und mein Onkel Bratsche. Niemand spielte professionell, sondern nur zum Vergnügen. Jeden Sonntagnachmittag trafen sich alle und übten.

Es verstand sich von selbst, dass auch ich ein Instrument erlernte. Als ich sechs Jahre alt war, fragte mein Vater mich, welches Instrument mir am meisten gefalle. Ohne zu zögern, zeigte ich auf das Cello. Ich wollte Cello spielen. Ein anderes Instrument kam für mich nicht infrage.

Meine erste Lehrerin war meine Mutter. Als sie mein Talent bemerkte, meldete sie mich bei Jakob Sakom, einem der angesehensten Cello-Lehrer der Stadt an. Jakob Sakom hatte die berühmte »Violoncello-Etüden-Schule« verfasst, die wir natürlich im Geschäft verkauften. Er war Lehrer am Vogt'schen Konservatorium, und spielte als Solist im philharmonischen Orchester. Er unterstützte auch die Hausmusikbewegung. Er gehörte zu unseren Stammkunden, deshalb wagte meine Mutter, ihn anzusprechen.

Ich saß meinem Lehrer das erste Mal gegenüber. Seine nach unten gebogenen Lider und Mundwinkel, die Tränensäcke unter seinen Augen und sein rechteckiger Bart ließen ihn strenger erscheinen, als er war.

Der Bogen zitterte, als ich zu spielen begann. Mein Lampenfieber jagte mich. Ich spielte meine Stücke in rasendem Tempo und machte viele Fehler. Ich war den Tränen nahe, als ich abbrach.

Jakob Sakom sagte: »Ich weiß und du weißt, dass du es besser kannst, Aaron. Atme noch einmal durch. Bevor du den Bogen ansetzt, fühle in deinen Bauch hinein. Er muss sich groß und weit wie der Ozean anfühlen. Erst wenn dieser weite Raum sich bis in deine Stirnhöhle ausgedehnt hat, beginnst du zu spielen. Setz den Bogen ruhig an und lass ihn wie eine Katzenpfote über die Saiten gleiten. Stell dir vor, dass deine Finger, die greifen, einen Tanz aufführen, einen Tanz, der ihnen Spaß macht. Versuch es noch einmal, du wirst sehen, es wird gelingen. Stell dir einfach vor, du würdest für dich ganz allein spielen.«

Jakob Sakom nahm mich als seinen Privatschüler auf. Zunächst spielte ich auf einem Viertel-Cello, später erhielt ich ein Cello für Erwachsene. Es war ein hochwertiges handgefertigtes Instrument aus Ahornholz, das mein Lehrer zusammen mit meinen Eltern für mich ausgewählt hatte. Es war sehr teuer, aber in unserer Familie war es wichtiger, ein gutes Musikinstrument zu besitzen, als unnützen Luxus aufzuhäufen.

Als ich die ersten Töne spielte, glaubte ich, noch nie in meinem Leben einen so herrlichen Klang gehört zu haben. Ohne dieses Cello, das mich begleitete, und ohne Jakob Sakom und seinen Unterricht wäre ich vielleicht nicht mehr am Leben.

Manchmal luden die Eltern Nachbarn und Freunde zu unseren Hauskonzerten ein. Diese Nachmittage entwickelten sich fast immer zu fröhlichen Festen, die erst am späten Abend endeten. Meine Mutter war sehr gastfreundlich und bot immer etwas zu essen und zu trinken an.

Waren die Gäste gegangen, saßen meine Eltern auf den kleinen mit dunkelgrünem Chintz bezogenen Stühlen und tranken ein Glas Rotwein aus den französischen Kelchen. Es war einer der seltenen Momente, in denen meine Mutter eine Zigarette rauchte. Meine Eltern tranken vom Wein, zogen an ihren Zigaretten und ließen das Hauskonzert Revue passieren. Der Rauch ihrer Zigaretten verwob sich über ihren Köpfen. Niemals hätte ich mir vorstellen können, dass meine Eltern sich voneinander hätten trennen können oder voneinander getrennt würden.

Am Rotherbaum lebten viele Juden. In meiner Kindheit gab es keinen Unterschied zwischen jüdischen und nichtjüdischen Freunden oder Kunden. Ich wusste, dass ich Jude war, aber das war auch alles. Schon die Großeltern pflegten keine jüdischen Bräuche. Wir aßen auch nicht koscher. Eine unserer Lieblingsspeisen war Hamburger Aal, an Fleischgerichte kam immer gute Butter und an das Kalbsfrikassee ein Schuss Sahne. Wir feierten Weihnachten und nicht Chanukka, und die Juden, die mit Kaftan und Schläfenlocken in der Stadt herumliefen, waren uns genauso fremd wie ein arabischer Imam.

Niemand von uns besuchte die Synagoge. In der Schule nahm ich ganz selbstverständlich am evangelischen Religionsunterricht teil. Für mich bestand kein Unterschied zwischen meinen Mitschülern und mir. Wir waren Deutsche und sonst gar nichts. Mein Vater war ein loyaler, konservativer Deutscher und stand politisch den Deutschnationalen nahe.

Die Jahre vergingen. Mein Vater konnte das Geschäft durch die Weltwirtschaftskrise retten. Wohl schränkten wir unseren Lebensstandard ein, aber unsere Existenz war nie bedroht.

Hitler und die Nationalsozialisten spielten damals für uns keine Rolle. Mein Vater hielt sie für Schwachköpfe.

Ich spielte Cello und machte gute Fortschritte. Mein Lampenfieber und meine Angewohnheit, Stücke abzubrechen, blieben. Ich fing immer wieder von vorn an, um an denselben Takten zu scheitern.

»Übe mehrmals nur den Takt, der dir Schwierigkeiten macht«, sagte Jakob Sakom, »und dann spiele das Stück durch, egal was dir inzwischen passiert. Du musst lernen, die Hürde zu nehmen … Wenn du auf einer Bühne sitzt, und das bedeutet auch, wenn du mir ein Stück vorspielst, dann musst du es beenden, egal wie. Hab niemals Angst vor einer Gedächtnislücke. Überspiele sie.

Es geht darum, mit Musik eine Geschichte zu erzählen. Es geht immer um die Geschichte, die hinter den Noten steckt. Es geht um Emotionen. Das Wichtigste beim Vorspiel ist zu lernen, mit sich allein zu sein und dieses Alleinsein auszuhalten. Man darf sich weder vor sich selbst noch vor dem Publikum fürchten.«

DREI

Immer wieder gab es Straßenschlachten zwischen SA, Polizei und Kommunisten. Wenn ich nachts im Bett lag, hörte ich die Schüsse, die aus Altona herüberhallten.

Als die Nationalsozialisten an die Macht kamen, war ich 14 Jahre alt. Ich stand mit meinem Freund Karl in der Menge der Zuschauer, als Zigtausende von Männern in braunen Uniformen im Licht der Fackeln an uns vorüber marschierten.

»Unserem Führer, unserem Reichskanzler Adolf Hitler, ein dreifaches Heil!«, grölten sie. Die Leute um mich herum reckten den Arm und schrien ihr »Heil, Heil, Heil«. Es dröhnte wie eine nicht aufzuhaltende Woge durch die eisige Winternacht.

Neben mir hielt ein Vater sein Kind in die Höhe. Auch der kleine Junge reckte seinen rechten Arm und rief »Heil Hitlermann«. Mit der anderen Hand umklammerte er eine Hitlerspielzeugfigur.

Einige Männer schrien »Juda verrecke«. Dann sangen sie über das Judenblut, das vom Messer spritzt.

Ich fürchtete mich. Karl legte mir seinen Arm um die Schulter.

»Die spinnen doch«, sagte er.

Ich lief nach Hause. Meine Eltern erwarteten mich bereits. Sie hatten mir verboten, zum Fackelzug zu gehen. Ich erhielt das ganze Wochenende Hausarrest. Ich verkroch mich in mein Zimmer und sprach mit niemandem über meine Erlebnisse, auch nicht darüber, dass mir die Stiefel der Hitlerjungen gut gefallen hatten.

Die Nationalsozialisten rückten uns immer näher. Mein Vater und ich standen im Laden und hörten gerade neu eingetroffene Schallplatten an, als ein SA-Mann sich vor unser Schaufenster stellte und mit flüssiger Kreide einen Judenstern an unsere Fensterscheibe pinselte. Einer seiner Kameraden klebte ein Plakat »Deutsche, kauft nicht bei Juden« an unsere Glastür. Dann stellten die Männer sich rechts und links des Eingangs und ließen niemanden mehr hinein.

Mein Vater lief in die Wohnung hinauf, zog seine Uniform aus dem Ersten Weltkrieg an, heftete sein Eisernes Kreuz an, ging hinaus und stellte sich neben die SA-Männer. Sein Kopf war puterrot angelaufen, er war so aufgewühlt, dass sein Kaiser-Wilhelm-Bart auf und ab wippte. Ich sah ihn dort stehen in seinem Versuch, seine Würde zu wahren. Ich weiß nicht, was mich mehr beschämte: die SA-Männer oder Vater in seiner Uniform.

»Das ist doch alles Dummheit, Irrsinn und Wahnsinn zugleich. Wir schämen uns für jedes beschmierte und beklebte Geschäft und vor den jüdischen Bürgern«, schrieben uns nichtjüdische Freunde nach dem Boykotttag.

Mein Vater war der Ansicht, man müsse nur abwarten, bis die Braunhemden sich selbst disqualifizierten. Ich will in etwa wiedergeben, wie er Hitler beschimpfte.

»Denkt an Hitlers Reden«, sagte er, »dieser Mann ist nicht nur zutiefst dumm, er ist ein absoluter Idiot. Wer kann den Quatsch auf Dauer glauben? Sein krächzender Heldentenor klingt wie eine zerkratzte Schallplatte. Dieser Schreihals entlarvt sich selbst. Er ist ein niederträchtiger Verleumder. Jeder, der Ohren besitzt, kann das wahrnehmen. Die Menschen werden aus ihrer Verblendung aufwachen und den ganzen aufgedonnerten Nazi-Rummel durchschauen. Ich frage euch, eine Politik, die man hinausgellt, eine Politik, die mit aufgeplustertem und verkrampftem Marschieren und dröhnendem Trara auf den Straßen begleitet wird – wen soll das auf lange Sicht überzeugen? Ihr werdet sehen, es wird nicht lange dauern, dann sind die Nazis fort. Und wisst ihr was? Der Nationalsozialismus wird sich vor allem mit seinem rabiaten Judenhass das Genick brechen.«

Meine Mutter war anderer Ansicht.

»Samuel, du irrst dich, lass uns Deutschland verlassen«, sagte sie.

»Geh doch, wenn du willst«, rief mein Vater. »Ich bleibe hier.«

»Du weißt, ich könnte nicht ohne dich gehen«, sagte sie. »Aber was ist mit Aaron? Was ist, wenn ihm etwas geschieht?«

»Ach was, du wirst sehen«, sagte mein Vater, »bald hat der ganze Spuk ein Ende. Wir werden schon irgendwie in Deutschland weiterleben können. Sogar die jüdischen Organisationen warnen davor, überstürzt auszureisen. Hast du dir schon mal vorgestellt, wie es sein würde im Ausland? Wenn wir Deutschland für längere Zeit verlassen, entzieht man uns die Staatsbürgerschaft.

Wir werden kaum Verdienstmöglichkeiten haben. Wer wird sich jüdischer Flüchtlinge annehmen, frage ich dich. In Deutschland haben wir immerhin unser Auskommen und ein Dach über dem Kopf. Hier ist doch unsere Heimat. Glaub mir, es ist so, wie ich sage. Es wird vielleicht noch etwas schlimmer werden, aber dann wird sich diese Regierung in Luft auflösen.«

Ich saß im Wohnzimmer meines Cello-Lehrers. Er saß vor mir, ohne mit dem Unterricht zu beginnen. Er strich sich über seine Halbglatze und hatte Mühe zu sprechen.

»Ich muss es dir sagen, Aaron. Man hat mich in den vorzeitigen Ruhestand versetzt. Nur wer arischer Abstammung ist, kann noch Mitglied des Orchesters sein. Ich darf nur noch bei Konzerten im Jüdischen Kulturbund auftreten und im Konservatorium habe ich Unterrichtsverbot, aber für dich ändert sich nichts, ich werde weiter Privatunterricht geben, auch wenn es mir verboten ist. Ich werde meine Schüler nicht fallen lassen. Sag deinen Eltern, wie es steht, Aaron.« Er legte mir die Hand auf die Schulter. »Und nun zu dir. Auch für dich wird es als Musiker vorerst keine Zukunft in Deutschland geben. Ich sage dir jetzt ein paar ehrliche Worte: Zu einem Berufs-Cellisten wird es bei dir nicht reichen, Aaron. Du bist sehr begabt, du könntest zum Virtuosen werden. Das Lampenfieber bekommst du in den Griff, aber du übst zu wenig. Ich denke, es liegt daran, dass du lieber im Geschäft stehst, als zu üben. Ist es so?«

»Ich möchte das Geschäft übernehmen, aber ich möchte mein Leben lang Cello spielen«, war meine Antwort.

»Gut, ich werde dich also weiter unterrichten. Damit du's weißt: Ich denke vorerst nicht ans Auswandern. Und nun spiel mir vor, was du vorbereitet hast.«

Ich setzte den Bogen an und spielte mein Stück. Der Bogen klopfte und schlug auf die Saiten, als würde ich mein Cello prügeln. Ein Dunst von Harz zerstäubte in alle Richtungen. Nach kurzer Zeit brach ich ab, warf den Bogen zu Boden und stampfte mit dem Fuß auf.

»Aaron, wir können es nicht ändern. Vergeh dich nicht an der Musik. Die Musik ist heilig. Wenn uns etwas beschützt und stärkt, dann ist es die wahre göttliche Musik. Und das Cello, Aaron, das Cello gleicht einer Kathedrale. Es ist der Mittelpunkt des Universums.«

VIER

Die Nürnberger Gesetze waren in Kraft getreten. Wir waren nun keine Deutschen mehr, sondern Volljuden.

Unsere Nachbarn blieben uns und unserer Musik treu. Niemand denunzierte uns.

Selbst der Blockwart Frank Hoffmann schützte uns. Er war Musiklehrer. Wir hatten mit ihm großes Glück.

Ich ging zu jener Zeit noch auf das Wilhelm-Gymnasium am Grindelberg. Ich war nie ein guter Schüler, und meine Versetzung war mehrmals gefährdet. Ich hatte kein Interesse an Griechisch, Latein und dem ganzen Bildungskanon der Schule, mit Ausnahme der Musik. Ich spielte Cello im Schulorchester. Das war mir am wichtigsten.

Mein Schulalltag bestand schon lange aus Fahnenappellen, Hitlergruß und Absingen von nationalen Liedern. Der Hass meiner Mitschüler und auch einiger Lehrer auf uns Juden wuchs. Sie begannen uns zu provozieren und zu hänseln. Ich wehrte mich nie. Ich überhörte alle Beleidigungen, ich stellte mich taub und ließ die Angreifer stehen, selbst wenn sie mich stießen und anrempelten. Ich tat so, als spürte ich ihre Attacken nicht, und ich erzählte auch meinen Eltern nichts davon. Ich wurde niemals blutig geschlagen, vielleicht weil es sich für ein Gymnasium der Elite nicht gehörte.

Als mein bester Freund, es war Karl, der mich beim

Fackelzug umarmt hatte, mich eines Tages im Boot als »Judensau« bezeichnete, gab ich das Rudern auf. Meinen Eltern sagte ich, ich könne wegen meines Cellospiels nicht mehr trainieren, da ich Schwielen bekäme und das Umgreifen der Ruderholme meine Finger versteifte.

Einer meiner jüdischen Klassenkameraden tröstete mich und versuchte, mich zu überreden, in den Ruderclub des Jüdischen Sportbundes einzutreten, doch ich wollte nicht. Wenig später erzählte er mir, die Nazis hätten alle Boote seines Vereins beschlagnahmt.

Am Schulsport durften wir nun auch nicht mehr teilnehmen.

Dann wurde ich aus dem Orchester ausgeschlossen. Ich war gerade dabei, mein Cello aus dem Kasten zu nehmen, als der Dirigent mich bat, wieder nach Hause zu gehen und nicht mehr wiederzukommen. Ich ließ mir meine Enttäuschung nicht anmerken. Ich packte mein Cello ein, schnallte es auf den Rücken und verließ den Probenraum. Hinter mir hörte ich Gejohle.

Ich traute mich nicht, nach Hause zu gehen. Den ganzen Nachmittag lief ich am Alsterufer entlang. Erst am Abend, als ich mich etwas beruhigt hatte, ging ich nach Haus. Ich aß nichts zu Abend und verbarrikadierte mich in meinem Zimmer.

Am Tag darauf rief mein Klassenlehrer, der kein Nazi war, uns Juden nach dem Unterricht zu sich. Nachdem alle anderen das Klassenzimmer verlassen hatten, erklärte er uns, dass er uns nicht mehr schützen könne. Er riet uns, die Schule am Ende des Schuljahres mit dem »Einjährigen«, das entsprach der heutigen Mittleren Reife, zu verlassen.

Anstatt zur jüdischen Talmud-Tora-Schule zu wechseln, wie meine Mutter es gewünscht hätte, ging ich nach der Obertertia ab und begann meine Lehre zum Musikalienhändler bei meinem Vater.

Ich erlernte den Beruf, den ich mir für mein Leben wünschte. Ich war froh, nicht mehr in die Schule gehen zu müssen, und im Laden zu arbeiten.

Die vielen Stunden, in denen mein Vater und ich Musik hörten und ich alles über Noten- und Instrumentenkunde lernte, glichen die Arbeit an den Geschäftsbüchern wieder aus. Er legte eine Platte nach der anderen auf, er wischte sie stets mit einem Staubtuch ab, bevor er sie auf den Plattenteller legte und die Nadel auf die Rille setzte. Ich lernte von meinem Vater, die Unterschiede der Epochen und Komponisten zu erkennen, Musik zu analysieren, ihre Eigenheit herauszufiltern, das Zusammenspiel der Instrumente, die unterschiedlichen Interpretationen herauszuhören und zu beschreiben.

Es gab keinen Ort für mich, an dem ich lieber gearbeitet hätte als in unserem Geschäft.

Eines Morgens blätterte mein Vater beim Frühstück wie gewohnt die Zeitungen durch.

»Seht ihr, ich hab es euch gesagt«, rief er mit der Zeitung raschelnd. »Jetzt haben wir das Schlimmste überstanden. Selbst im ›Stürmer‹ ist keine Judenhetze mehr zu finden. Und in der ganzen Stadt haben sie die Verbotsschilder entfernt. Die Olympiade tut uns gut. Wir haben internationale Aufmerksamkeit. Der Judenhass hört endlich auf. Ich habe recht gehabt, Anna.«

»Es darf nur eine einzige ›Halbjüdin‹ an den Spielen teilnehmen, und der Fackelträger ist ausgewechselt worden, weil sie in letzter Minute gemerkt haben, dass er Jude ist«, sagte Mutter.

»Woher weißt du denn das? Das sind doch Gerüchte.«

»Sie versuchen, die ausländischen Besucher zu täuschen, deshalb werden alle Schilder entfernt, deshalb liest du keine Judenhetze in den Zeitungen.«

»Nein, Anna, das glaube ich nicht, ich bleibe dabei«, sagte Vater, »du wirst schon sehen, der Höhepunkt des deutschen Antisemitismus ist nun überschritten.«

»Es ist Wunschdenken, Samuel, die Realität sieht anders aus. Wie lange willst du noch warten?«

»*Auswandern, auswandern*, ich kann's nicht mehr hören. Wie stellt ihr euch das vor? Ohne Kontakte, ohne Geld, ihr wisst doch, dass wir fast alles zurücklassen müssten. Und dann die hohen Steuern. Wie denkt ihr euch das bloß? In Holland haben sie Ausländern die Arbeitsgenehmigungen entzogen. Und Sprachkenntnisse haben wir auch keine.«

»Aaron hat ein bisschen Englisch gelernt. Und ich habe meinen Vetter in Amerika«, sagte Mutter. »Ich könnte ihn um ein Affidavit bitten. Er würde sicher eine Bürgschaft übernehmen. Zumindest ist es einen Versuch wert.«

»Die Vereinigten Staaten?«, rief Vater. »Was soll ich in einem Land ohne Kultur, was soll ich mit amerikanischer Musik anfangen? Könnt ihr mir das sagen? Glaubt doch nicht, dass Amerika uns Juden mit offenen Armen empfängt. Wir sind dort vielleicht geduldet, aber am liebsten würden sie alle Juden wieder außer Landes befördern. Kein Land ist an verarmten jüdischen Einwanderern interessiert, auch die USA nicht. Ich bleibe hier! Herrgott, was kann unserer Familie schon passieren? Ich war Frontkämpfer und Unteroffizier mit Eisernem Kreuz!«

Es war Freitagabend kurz vor Geschäftsschluss. Ein SA-Mann betrat den Laden, schritt auf meinen Vater zu und fragte nach der Platte »Hitlers Reden«. »Bedaure«, sagte Vater, »wir führen nur Musik-Schallplatten.«
Der Mann schleuderte den Kasten mit den Mundharmonikas vom Tresen und schlug meinem Vater das Gesicht blutig.
Mein Vater brach zusammen. Er erlitt eine Herzattacke. Drei Wochen verbrachte er im Israelitischen Krankenhaus. Danach blieb er kränklich und geschwächt. Um ihn zu entlasten, übernahm meine Mutter die Buchführung. Ich kümmerte mich um alle Angelegenheiten im Geschäft.
Ich war 20 Jahre alt, als ich den Musikalienhandel vollständig übernahm. An eine Emigration dachte ich nicht mehr. Mein Vater war zu schwach. Ich hätte meine Eltern nicht zurücklassen können. Das war Anfang 1937. Es ging uns finanziell noch nicht schlecht.
Wir lebten wie hinter einem Schleier und bemühten uns, nicht aufzufallen. Es stellte sich eine eigentümliche Normalität ein. Unsere Unfreiheit und unsere Ängste wurden uns zu einer Gewohnheit, die wir schweigend hinnahmen.
Vater wartete immer noch auf das Ende des Nationalsozialismus, das unweigerlich kommen müsste. Die

meisten Freunde und Kunden, auch nichtjüdische, hielten weiterhin zu uns. Auch bei den Lieferanten gab es noch keine Einschränkungen. Ich erhielt meine bestellte Ware ohne Probleme.

Allerdings bat man mich, die Orchesterexemplare nicht mehr mit unserem Firmennamen zu stempeln.

FÜNF

Ich war erst seit ein paar Wochen Leiter des Geschäftes, als ich Leah kennenlernte. Es war unmöglich, sie zu übersehen. Zunächst nahm ich nichts anderes wahr als ihr wundervolles rotgolden gelocktes Haar.

Sie kam auf mich zu und fragte nach Friedrich Hollaender-Liedern für Gesang und Klavier. Viele Lieder des Komponisten waren der Zensur zum Opfer gefallen, Hollaender selbst hatte bereits das Land verlassen. Leah lächelte das frechste Lächeln, das ich jemals auf einem Frauengesicht gesehen hatte, dann begann sie den Refrain des Kabarett-Liedes »Die Juden sind an allem schuld« zu summen. Ich musste lachen und klopfte auf einmal den Rhythmus des Liedes auf die Ladentheke.

Bereits in diesem Moment waren wir ineinander verliebt. Für mich war klar, Leah war die Frau meines Lebens. Und sie fühlte genauso, was mich betraf.

Wir trafen uns so oft wie möglich. Wir fühlten uns sicher und frei. Mit meinem Blondschopf und blauen Augen sowie Leahs rotem Haar und ihrem sommersprossigen Teint scheuten wir uns nicht, auch Orte, die für Juden verboten waren, aufzusuchen. Unser Aussehen passte nicht zu dem damals entworfenen Bild eines Juden. Wir gingen ins Kino, saßen in Cafés, schlenderten durch Kaufhäuser, mieteten uns Fahrräder.

Ich war bis zur Blindheit verliebt und tat alles, um mit Leah zusammen zu sein. Am Wochenende mieteten wir uns ein Ruderboot, fuhren auf die Alster hinaus oder die Kanäle entlang. Ich kannte verborgene Stellen, bugsierte das Boot ins Schilf, wo wir unbemerkt Stunden verbrachten, die uns alles um uns herum vergessen ließen.

Leah war drei Jahre älter als ich. Ihre roten Haare hatten sich in ihre Familie durch den Urgroßvater Itzig Lentin, der Ende des 19. Jahrhunderts von Russland nach Irland emigriert war und dort eine Irin geheiratet hatte, hineingemischt. Leahs Familie war schließlich über Portugal nach Hamburg gekommen, wo sie seit vielen Jahren lebte. Auch Familie Lentin lebte nicht nach jüdischer Tradition und besuchte nicht die Synagoge.

Leah arbeitete als Stenotypistin im Kontor ihres Vaters. Er handelte mit Schuhen. In ihrer Freizeit sang sie Lieder und Chansons aller Art. Es dauerte nicht lange, bis Leah an unseren Sonntagsproben teilnahm. Aus ihrer portugiesischen Familienvergangenheit brachte sie sefardische Lieder mit. Vor Begeisterung über diese Stücke vergaßen wir unsere Vorsicht, jüdische Musik auszuklammern, wir konnten nicht anders, als diese Lieder zu spielen. Leah hatte eine volle, warme Stimme. Wenn ich sie auf dem Cello begleitete, mischte sich ihr Gesang mit den Klängen meines Instrumentes. Es war, als sängen wir im Duett. So war es, zwischen Leah und mir lösten sich die Grenzen auf. Wir fühlten uns miteinander verwoben. Anders kann ich unsere Liebe nicht ausdrücken.

Schon nach drei Monaten hatten wir uns heimlich verlobt. Nach einem Jahr machte ich ihr einen Heiratsantrag.

»Wer ein Geschäft führen kann, der kann auch heiraten«, sagte mein Vater auf den Einwand meiner Mutter, ich sei noch so jung.

Die Eltern hatten uns die Wohnung überlassen und waren nach Bergedorf gezogen. Meine Mutter sorgte sich um Vaters Gesundheit. Auch hatte sie sich schon immer einen kleinen Garten gewünscht. Sie bezogen ein Haus im Grünen, es war das rosenumrankte Gärtnerhaus von Musikerfreunden, die in der benachbarten Villa wohnten.

Alles in allem ging es unseren Familien nicht schlecht.

Leah und ich richteten uns ein und lebten unser Glück. Es war, als wenn man einen Vorhang zuzog, um das, was lebenswert war, zu schützen, um die Ungeheuerlichkeiten der Außenwelt nicht in das Paradies hineinzulassen und ihnen einen Riegel vorzuschieben.

Dann begann die Existenz des Geschäftes zu wanken. Deutsche Lieferanten sprangen ab. Höhere Steuern wurden erhoben. Immer mehr jüdische Musiker und Kunden waren ausgewandert. Deutsche Kunden, die uns wohlgesinnt waren, machten inzwischen einen Bogen um unser Geschäft, weil sie als Judenfreunde beschimpft wurden. Auch unsere deutschen privaten Freunde bekamen Schwierigkeiten, wenn sie uns einluden, sodass wir dazu übergingen, ihre Einladungen zu ihrem Schutz abzusagen.

Mutter bekniete mich, das Land zu verlassen. Ich sagte ihr, ich würde nicht ohne sie und Vater gehen.

»Du musst jetzt an Leah und dich denken«, sagte Mutter. »Vater würde die Aufregung ohnehin nicht überleben. Und ich bleibe dort, wo dein Vater ist.«

Erst als Leah schwanger wurde, änderte ich meine Meinung. Noch war die Emigration möglich, wenn auch zu erschwerten Bedingungen. Innerhalb Europas bestanden kaum noch Chancen, Aufnahme zu finden, die Länder schotteten sich gegen die immer größer werdende Zahl jüdischer Flüchtlinge ab. Die meisten Länder gewährten nicht einmal vorübergehendes Asyl.

Inzwischen waren Österreich und das Sudetenland annektiert worden. Die Gefahr eines Krieges wurde immer größer.

Vater weigerte sich immer noch, das Land zu verlassen.

»Und was ist, wenn es wirklich Krieg gibt? Habt ihr euch das überlegt? Dann werfen sie mit Steinen nach uns, weil wir Deutsche im Feindesland sind. Nach den neuen Bestimmungen müssen wir das ganze Vermögen zurücklassen. Was soll aus uns ohne einen Pfennig Geld und ohne Wohnung werden? Sollen wir von Straßenmusik leben?«

Kurz darauf waren 800 polnische Juden aus der Stadt deportiert worden.

Ich dachte nur noch an eine Emigration nach Übersee und den Vetter in den USA.

SECHS

Ich lag im Bett und hörte Schreie, Lärm, Scheibenklirren. Ich sprang auf. Leah war Anfang des dritten Monats schwanger. Ich drängte sie, sich sofort bei unseren Freunden, den Müllers, zu verstecken, die zwei Etagen höher wohnten. Es gelang ihr, bevor unsere Wohnung gestürmt wurde. Sie hatte in einer Eingebung sogar mein Cello mitgenommen. Ich blieb in der Wohnung, um von Leah abzulenken.

Sie schlugen die Wohnungstür ein. Die Männer waren mit Brechstangen und Äxten bewaffnet, sie zerschlugen Glastüren, Spiegel, Bilder, sie zerschnitten Ölbilder mit Dolchen, schlitzten Betten, Schuhe und Kleider auf, sie zertrümmerten jeden Gegenstand, keine Kaffeetasse blieb heil. Einer von ihnen hatte einen Beutel in der Hand und sammelte alle Wertgegenstände ein. Bargeld, Silberbesteck, alles wanderte in den Leinensack.

Zwei von ihnen prügelten mich hinaus auf die Straße. Ich erhielt einen Fußtritt nach dem anderen, sie traten mir in den Schritt und in den Bauch, gegen den Kopf, immer und immer wieder wie wilde Tiere. Halb bewusstlos und mit verschwommenem Blick und Blutgeschmack im Mund sah ich das zerstörte und geplünderte Geschäft. Wieder Schläge, sie hörten nicht auf, bis ich reglos am Boden lag. Was dann geschah, weiß ich nicht mehr.

Ich erwachte auf einer Pritsche, umgeben von Mithäftlingen und unerträglichem Schmutz. Ich hatte starke Schmerzen am ganzen Körper. Ich tastete mein Gesicht ab, spürte die Schwellungen und verkrustetes Blut unter meinen Fingerkuppen. Meine Nase schmerzte so sehr, dass sie sicher gebrochen war. Meine Gedanken begannen zu rotieren. Warum hatte ich nicht längst meine Familie in Sicherheit gebracht? Ich hatte wie ein Traumtänzer gelebt, hatte Leah geliebt und auch noch ein Kind gezeugt. Ich hatte so getan, als würden wir ein normales Leben führen können.

»Wo sind wir?«, fragte ich den alten Mann, der neben mir lag.
»Im Kola-Fu, Konzentrationslager Fuhlsbüttel, Junge.« Er begann zu schluchzen.
Nach drei Tagen, in denen mir jegliche Naivität und Blindheit abhanden gekommen war, entließen die Nazis einige in der Pogromnacht verhaftete »November-Juden« wieder nach Hause. Andere, darunter auch ich, deportierten sie nach Sachsenhausen.

Ich hatte zunächst keinerlei Kontakt zu Leah oder zu den Eltern. Immer wieder beruhigte ich mich. Leah hatte die Müllers, die ihr halfen, und die Eltern waren in Bergedorf. Doch was hieß das schon? Ich musste hier herauskommen und meine Familie retten. Ich dachte an nichts anderes mehr.

Wochenlang lief ich mit Marschgepäck auf einer Schuhprüfstrecke auf dem Appellplatz, um die Tauglichkeit von Kunststoffen für Sohlen von Wehrmachtsstiefeln zu erproben. Ich lief auf Beton und Holz, ich watete im Schlamm, auf Sand, auf Schotter, ich lief in Frost und Schnee, mit aufgeplatzten Blasen an den Füßen, mit Krämpfen in den Beinen, ich lief bis zur Erschöpfung, aber ich durfte nicht umfallen, ich lief um mein Leben, lief immer weiter, ich spielte im Kopf Cello, um mich abzulenken, und wenn ich nicht Cello spielte, dachte ich an Leah, damit ich weiterlief und weiterlebte, damit ich auf keinen Fall zum Klinkerwerk zur Schwerstarbeit abkommandiert, meine Hände ruinierte oder erschossen würde.

Eines Morgens stellte man mich und andere »November-Juden« vor die Möglichkeit, aus dem KZ entlassen zu werden, sobald unsere Familie eine konkrete Emigrationsmöglichkeit für uns nachgewiesen hätte. Beinahe hätte ich aufgelacht, denn ich dachte seit Wochen an nichts anderes mehr, als zu fliehen.

Ich durfte eine Nachricht an Leah schreiben. Jedes Wort wurde zensiert. Also schrieb ich:

Ich bin gesund, es geht mir gut. Ich werde entlassen, sobald du eine Möglichkeit, auszuwandern, gefunden und alle notwendigen Papiere beisammen hast. Das gilt nur für dich und mich. Die Eltern dürfen wir nicht mitnehmen. Bitte kümmere dich so schnell wie möglich um alles.
  In Liebe und Hoffnung
  Dein Aaron

Ein paar Tage später erhielt ich eine erste Nachricht von Leah.

Ich tue mein Möglichstes und habe mich bereits mit den zuständigen Stellen in Verbindung gesetzt. Sobald sich etwas Konkretes ergibt, informiere ich dich.
  Mach dir keine Sorgen. Ich werde es schaffen. Mir geht es gut. Und den Eltern auch.
  In Liebe
  Deine Leah

Ich hielt den Brief in der Hand, blickte auf die ruhige, gleichmäßige Handschrift und stellte mir Leahs Gesicht vor, während sie diese Zeilen schrieb. Ich versteckte den Brief unter meiner Sträflingskleidung, ich trug ihn immer bei mir. Er gab mir Kraft, die Torturen zu überstehen.

Leah hastete von Behörde zu Behörde. Unzählige Papiere waren notwendig. Sie sprach bei Konsulaten und Reedereien vor, sie stand stundenlang an für polizeiliche und finanzielle Unbedenklichkeitsbescheide. Einen halben Tag lang wartete sie vergeblich vor dem amerikanischen Konsulat, um eine Bestätigung darüber zu erhalten, dass sie das Affidavit eingereicht hatte. Danach war sie zur Auswanderungsberatungsstelle gegangen, um die Bescheinigung zu bekommen, die für die Ausstellung der Pässe notwendig war. Dort sagte man ihr, sie würde diese Bescheinigung nur erhalten, wenn sie einen definitiven Ausreisetermin angeben könnte, außerdem müsste der Pass jetzt bei der Polizei beantragt werden. Eine Schikane folgte der nächsten. Schließlich schickte Leah Telegramme in die ganze Welt, um Visa oder Schiffspassagen in jeden beliebigen Hafen nach Übersee zu bekommen.

Ich wartete und wartete auf Rettung. Nichts passierte. Wochenlang hörte ich nichts. Ich war zerschunden und zermürbt. Immer weniger glaubte ich an eine Entlassung. Ich würde irgendwann tot umfallen oder erschossen werden. Das war meine Zukunft.

Dann kam Nachricht von Leah.

Ich habe die Papiere samt Affidavit des Vetters und eine Quotennummer für die USA beisammen. Die Nummer ist sehr hoch, aber wir werden auf Kuba auf eine Einreise in die USA warten können, denn auch die kubanische Landungsbewilligung habe ich endlich bekommen. Auch das Ticket für die Schiffspassage habe ich besorgt. Allerdings musste ich auf der ›St. Louis‹ eine Kabine Erster Klasse buchen, um überhaupt eine Passage für uns zu bekommen. Eine andere Möglichkeit gab es nicht.
Wir reisen am 13. Mai. Wir reisen mit einem Luxusschiff, mit Visa, Papieren und Landeerlaubnis!
Wann wirst du entlassen? Wann kommst du?
Ich umarme dich und warte sehnsüchtig
Deine Leah

Ich konnte nicht glauben, dass Leah es geschafft hatte, eine sichere Schiffsreise zu organisieren. Auf den Meeren irrten seit Monaten unzählige Schiffe mit jüdischen Flüchtlingen umher in der Hoffnung, irgendein Land, irgendeinen Hafen zu finden, an dem sie anlegen durften.

Ich hatte von Schiffen gehört, die irgendwo ankerten. Die Flüchtlinge wohnten unter Deck und kamen nicht vom Schiff herunter. Sie lebten mit den Ratten zusammen, hatten nicht genug Trinkwasser und erkrankten an Typhus.

Es ist Leah gelungen, sagte ich mir immer wieder, es ist ihr gelungen, wir reisen am 13. Mai nach Kuba. Trotz allem glaubte ich nicht an meine Freilassung und die Ausreise. In der Nacht vor der Entlassung träumte ich, im KZ bleiben zu müssen. Ich träumte, dass ein Wachmann mich beim Latrinengang von der Stange stieß und im Kot ertränkte. Ich hörte sein entsetzliches Lachen, bis ich unterging.

SIEBEN

Leah öffnete die Tür. Wir fielen uns in die Arme und weinten. Lange standen wir beisammen und umklammerten uns. Ich spürte Leahs gewölbten Bauch. Ich spürte mein Kind, ein neues Leben, während ich das Gefühl hatte, das meinige verloren zu haben.

Leah erzählte mir alles, was ich wissen musste. Sie hatte ihre Schwangerschaft vor allen verheimlicht, weil sie befürchtete, dass wir womöglich zurückgestellt würden und nicht ausreisen könnten. Unsere Eltern wussten es natürlich, aber im Haus erzählte sie es nur Agnes Müller, ihrer besten Freundin. Außer ihr war nur noch unser Hausarzt und enger Freund Martin Bernstorff informiert. Er betreute Leah, ohne eine Krankenakte anzulegen.

Es war inzwischen März. Ich war einer der letzten »November-Juden«, die aus dem KZ Sachsenhausen entlassen worden waren. Unser Geschäft gehörte uns nicht mehr. Es war nicht einmal arisiert, sondern einfach aufgelöst worden. Auch unser Vermögen war eingezogen. Damit war unsere gesamte Existenz vernichtet.

Wieder und wieder ging ich alle Unterlagen durch. Ich öffnete unsere Pässe, sah das große rote *J* für *Jude*, las die Namen Leah Sara, und Aaron Israel.

Das Schlimmste waren nicht der Stempel und die jüdischen Zwangsnamen im Pass. Das Schlimmste für mich war, dass ich mein Land und meine deutschen Wurzeln verloren hatte. Ich fühlte mich dem deutschen Volk nicht mehr zugehörig. Wie hätte ich mich nach dem, was ich erlebt hatte, noch als Deutscher fühlen können?

ACHT

Schon mehrmals hatte Martin Leah Bettruhe verschrieben. Die Anstrengungen, all die Ängste und Aufregungen waren zu viel für sie gewesen. Leah kümmerte sich nicht um seine Ratschläge. Sie stellte Listen auf und strich sie wieder aus, sie lief hin und her, packte ein und wieder aus, sortierte um. Zehn Koffer durften wir auf das Schiff mitnehmen. Und 20 Mark. Für den Aufenthalt auf dem Schiff konnten wir noch Bordgeld erwerben, das nur auf dem Schiff gültig war. Das war alles, was uns von unserem Vermögen und Hausstand offiziell blieb.

Leah packte. Wenn sie nicht packte, nähte sie Goldmünzen und Schmuck in die Kleidung ein, Stücke, die sie nicht in die Liste, die wir über unsere Vermögensverhältnisse auszufüllen hatten, eingetragen hatte und die sie vor dem Zoll zu verbergen versuchte.

In der Nacht von Sonntag auf Montag krümmte sie sich plötzlich vor Schmerzen. Leah war Ende des siebten Monats. Das Kind sollte erst in Havanna geboren werden. Ich rannte die Treppen hinauf zu Agnes Müller. Sie streifte sich die Jacke über und lief sofort aus dem Haus, um Martin Bernstorff zu holen, während ich zu Leah zurückeilte.

Als Martin kam, war die Fruchtblase bereits geplatzt.

»Schnell, schnell«, sagte er nur, »koch Wasser ab und bring Handtücher.«

Ich kam mit dem Wasser zurück. Martin nahm die Schüssel und Handtücher entgegen. Ich blickte zu Leah, die schweißüberströmt und schmerzverzerrt im Bett lag.

»Raus mit dir!«, rief Martin, »Agnes wird mir helfen, du kippst mir nur um.«

Ich saß im Salon auf dem Sessel und betete. Dann sprang ich wieder auf und lief im Zickzack durchs Zimmer. Ich hörte nichts, keinen Laut. Ich wurde fast verrückt vor Sorge. Dann, nach ich weiß nicht wie viel Zeit, hörte ich ein leises schwaches Weinen, das kurz danach wieder verstummte.

Agnes öffnete die Tür.

»Es ist ein Mädchen.«

Als ich hereinkam, hielt Martin das Kind in den Armen.

»Ich muss es sofort ins Krankenhaus bringen«, flüsterte er, »die Kleine wird nicht ausreisen können. Ihr müsst sie hierlassen. Leah geht es soweit gut. Sie hat alle Schmerzen ins Kissen gebissen. Du hast eine tapfere Frau.«

»Gebt sie mir, gebt mir Alma«, rief Leah mit erschöpfter Stimme.

Martin zeigte ihr die Kleine.

»Sie ist zu schwach, Leah, ich bringe sie ins Krankenhaus. Alles Weitere bespreche ich mit Aaron. Ruh dich jetzt aus.«

Ich hielt Leah die Hand und küsste sie auf die Stirn.

Martin gab Agnes Anweisungen, sich um Leah zu kümmern.

»Komm jetzt, Aaron,«, sagte er, »wir haben keine Zeit zu verlieren.«

Wir verließen das Zimmer. Martin eröffnete mir in aller Eile seinen Plan.

»Hör zu, ich werde Alma als mein eigenes Kind ausgeben und es ins Krankenhaus bringen. Ich habe alles bedacht. Du weißt, Gerda ist sehr korpulent, deswegen hätte niemand etwas von ihrer Schwangerschaft bemerken können. Ich werde sagen, dass ich ihre Schwangerschaft von vornherein für risikoreich gehalten habe, und wir sie deshalb bei Freunden und Verwandten nicht angekündigt haben. Sobald wie möglich, wenn keine Gefahr mehr droht, könnt ihr Alma wieder zu euch nehmen. Ich werde nach diesem Nazi-Wahnsinn alles veranlassen, die falsche durch die richtige Geburtsurkunde zu ersetzen. Ich schwöre dir, mich so lange um Alma zu kümmern, wie es nötig ist. Bist du einverstanden?«

Ich nickte. Martin verbarg Alma unter seinem Mantel und eilte hinaus.

Ich blieb weinend im Flur zurück.

Leah erholte sich nur körperlich von der Geburt. Sie vermisste ihr Kind so sehr, sie lag teilnahmslos im Bett und rührte sich nicht. Bis zur Abreise verließ sie die Wohnung nicht mehr. Jeden Tag erhielten wir über Agnes, die den Kontakt zu Martin hielt, Nachricht über Alma. Unsere Tochter lebte, und Martin machte uns alle Hoffnung, dass sie es schaffen würde.

Ich umarmte Leah.

»Warum habe ich sie nicht bei mir behalten können, Aaron, warum müssen wir sie hierlassen? Ich will zu Alma.« Sie weinte.

Ich versuchte, sie zu trösten.

»Leah, es geht nicht, du weißt es. Alma lebt, das ist das Wichtigste. Sie ist bei Martin und Gerda in guten Händen. Es ist das Beste, was wir jetzt für sie tun können. Wir müssen sie retten und wir müssen uns retten, damit wir sie eines Tages wiedersehen.«

Vier Tage vor der Abreise forderte die Gestapo unsere Pässe ein, ohne den Grund dafür zu nennen. Die folgenden Tage und Nächte verbrachte ich in panischer Angst. Jemand hat herausbekommen, dass Alma unsere Tochter ist, es muss so sein. Oder geht es um das Gold und den Schmuck? Wenn wir die Pässe nicht zurückbekommen, müssen wir hierbleiben ... es gibt hier keine Existenz mehr für uns, und auch keine andere Ausreisemöglichkeit ... es bleibt nur das KZ ...

Erst einen Tag vor der Abfahrt der »St. Louis« erhielten wir unsere Pässe zurück. Angeblich ging es um die Überprüfung der Steuer- und Unbedenklichkeitserklärung. Ich dachte nicht länger darüber nach. Wir hatten unsere Pässe. Und Alma blieb in Sicherheit.

Am Tag vor der Abreise war Alma zwei Wochen alt. Meine Mutter versprach, zu den Bernstorffs Kontakt halten, solange es möglich war, und uns verschlüsselte Nachrichten über unser Kind zukommen zu lassen. Ich beschwor sie, sich auf keinen Fall bei den Bernstorffs zu melden, um Alma nicht in Gefahr zu bringen. »Agnes Müller wird mit den Bernstorffs in Kontakt bleiben und euch benachrichtigen«, sagte ich zu meiner Mutter. »Als Deutsche, deren Mann sogar in der Partei ist, fällt kein Verdacht auf sie.«

Am nächsten Morgen fuhren wir zum Hafen.

NEUN

Wir richteten uns in unserer Kabine ein, es war eine Außenkabine der Ersten Klasse, die allen Komfort bot, von erlesener Damastbettwäsche bis zu exquisiten Kosmetikartikeln. Auf dem kleinen Klapptisch, der an der Wand befestigt war, standen eine Flasche Sekt und zwei Gläser bereit.

Als wir unser Handgepäck verstaut hatten und ich einen Platz für mein Cello in der Ecke hinter der Kabinentür gefunden hatte, ließ ich mich vor Erschöpfung auf das Bett fallen. Ich lag auf dem weißen luxuriösen Linnen mit einem Gefühl vollkommener Leere. Plötzlich bekam ich Atemnot, ich reckte den Arm in die Höhe, riss das Bullauge auf, zog mich zum Fenster und schnappte nach Luft. Langsam kam ich wieder zu Atem. Ich ließ das Fenster noch eine Weile geöffnet.

Wir zogen das Elbufer an Oevelgönne und Blankenese entlang. Am Elbhang blinkten mir die Lichter der Häuser im Treppenviertel entgegen. Dort saßen Menschen in ihrem Zuhause. Vielleicht schauten sie gerade auf unseren Dampfer und träumten davon, einmal eine Kreuzfahrt in ferne Länder unternehmen zu können, ohne zu ahnen, welches Schiff an ihnen vorüber glitt.

Nichts ließ erkennen, dass es sich um ein Flüchtlingsschiff, um eine Sonderfahrt für Juden auf dem Weg in die Emigration nach Kuba handelte.

Die Lichter verloren sich. Wir verließen endgültig den Ort, der unsere Heimat gewesen war … Heimat, was bedeutet das? Heimat bedeutet das eigene Bett mit den gewohnten nächtlichen Geräuschen, bedeutet der alltägliche Blick aus dem Fenster. Ich schaute immer auf den Kastanienbaum vor dem Haus und beobachtete den Wechsel der Jahreszeiten. Im Frühjahr betrachtete ich die Knospen und Blüten, im Sommer das dunkelgrüne Laub, im Herbst sah ich den Kindern zu, wie sie Kastanien sammelten, im Winter blickte ich in das schneebedeckte Astwerk. Jeden Morgen, zu jeder Jahreszeit, kam die alte Frau mit ihrem Dackel, der sein Bein am Baumstamm hob. Das ist Heimat. Heimat bedeutet Alltäglichkeit. Jeden Tag ging ich immer die gleichen Spazierwege, kaufte mir die Zeitung an meinem Stammkiosk oder wir gingen in die Eisdiele mit dem besten Vanilleeis der Stadt. Und dann sind da Gerüche, die einen völlig selbstverständlich umgeben, Gerüche, die einem nie fremd vorkommen: der Geruch der Alster, der Gestank der Elbe, des Fischereihafens, der Kaffeeröstereien, der Bierbrauereien, die Gerüche der Jahreszeiten durchmischt mit der frischen Seeluft, die die Wangen rötet. Gerüche, die Hamburg ausmachen, die sich unvergleichlich und einzigartig mischen.

Es war vorbei. Wir waren auf dem Weg nach Kuba.

Das Leben an Bord begann. Kapitän und Mannschaft behandelten uns wie normale Passagiere. Es fiel kein schlechtes Wort über uns, jeder schien bemüht, uns den Aufenthalt angenehm zu gestalten. Wir speisten wie in einem gehobenen Restaurant, wir konnten wählen zwischen verschiedenen Vorsuppen und Hors d'oeuvres, zwischen Fisch-, Fleisch- und Geflügelgerichten, diversen Gemüsen, Salaten, Desserts, Kuchen und Mitternachtssandwiches.

Wieso brachte man uns diese Freundlichkeiten entgegen? Wo war der Haken? Gab es womöglich Journalisten an Bord, die berichten sollten über diese Fahrt? Ich blieb allem gegenüber misstrauisch, und mir sprang die alte Hexe im Märchen von Hänsel und Gretel vor Augen.

Es war tief in der Nacht. Das Schiff glitt ruhig über das Wasser des Kanals. Leah war zum Glück eingeschlafen. Seit der Trennung von Alma lebte sie in einer Schwermut, die mich ängstigte. Sie hatte ihr ganzes Selbstbewusstsein und ihre Selbstsicherheit verloren. Immer, wenn ihr Mütter mit kleinen Kindern auf dem Arm begegneten, schossen ihr Tränen in die Augen. Nichts konnte sie trösten.

Auch ich hatte mich verändert. Ich hatte mein Zutrauen in der Pogromnacht und den Wochen der KZ-Haft eingebüßt. Ich war nie ein mutiger Mann gewesen. Schon als Junge hatte ich mich nie geprügelt. Meine Eltern hatten mich zu einem friedliebenden Menschen erzogen, wir setzten uns mit Worten auseinander. Schließlich versöhnte uns immer das Musizieren. Vielleicht aber war mir die Zurückhaltung von vornherein in die Wiege gelegt, wer weiß.

Im KZ hatte ich meinen Glauben an ein menschliches Miteinander verloren. Besonders nachts überfielen mich schreckliche Träume, doch die Sorge um Leah und Alma gab mir immer wieder die Kraft, mich zu fangen.

Ich blickte durch das Bullauge. Die Leuchtturm- und Hafenlichter von Dover blinkten mir wie kleine Sterne entgegen. Ich deutete sie als Lichter der Hoffnung und als Zeichen für ein neues Leben. Dann fiel ich endlich in einen traumlosen Schlaf, der mir für ein paar Stunden Ruhe verschaffte.

Am Morgen wollte Leah nicht aufstehen. Ich drängte sie behutsam, mich zum Frühstück zu begleiten. Sie setzte sich nur schwerfällig auf die Bettkante, wusch sich endlich und kleidete sich lustlos an.

Wir betraten den Speisesalon, er war bereits gut besucht, und setzten uns an den Tisch. Der Duft von frisch gebrühtem Kaffee durchzog den Raum. Ich konnte es kaum erwarten, bis der Steward meine Tasse füllte. Ich trank drei Tassen Kaffee hintereinander und hatte guten Appetit. Leah rührte kaum etwas von den Köstlichkeiten an. Sie saß am Tisch, aß nur eine halbe Grapefruit, in der sie mit ihrem Teelöffel herumstocherte, und trank dazu etwas Tee.

Ich nahm mir vor, ihr keine Gelegenheit zu geben, in ihrer Verzweiflung zu versinken.

Gleich nach dem Frühstück hakte ich Leah ein, um mit ihr einen Rundgang zu machen. Das Schiff erstreckte sich über mehrere Stockwerke, es erhob sich vom unten liegenden B-Deck über das A-Deck, das Promenadendeck, das Bootsdeck und das Sportdeck. Nirgends hingen Schilder wie »Zutritt für Juden verboten«, Schilder, die wir zuvor ständig lesen mussten. Wir durften uns ohne Einschränkungen in den Speiseräumen, Bars, Rauchsalons und Ballsälen aufhalten. Sogar das Bordkino, das Schwimmbad und die Turnhalle konnten wir benutzen.

Ich beschloss, morgens mit Leah schwimmen zu gehen, sobald das Becken mit Seewasser gefüllt sein würde. Sie vermisste das Schwimmen wie ich das Fahrradfahren. Als die Nazis mein Fahrrad konfiszierten, tröstete mich mein Vater und beteuerte, solche Dummheiten könnten niemals Bestand haben, und dieser Wahnsinn würde bald ein Ende nehmen, aber das Ende war nicht in Sicht.

Mir kam immer noch alles unwirklich vor. Plötzlich fuhren wir auf einem Schiff, auf dem nichts an die Erniedrigungen und die Gefahr erinnerte außer der Hakenkreuzfahne, die über unseren Köpfen flatterte, und den Hitlerporträts, die an den Wänden hingen.

Wir erreichten Cherbourg. Ich stand an der Reling und beobachtete das Verladen der Nahrungsmittel. Es kamen noch weitere Passagiere aus Frankreich und der Schweiz an Bord.

Ich blieb dem Luxus und den Freundlichkeiten gegenüber skeptisch, dennoch spürte ich, wie ich mich allmählich entspannte. Das schöne Wetter mit blauem Himmel und strahlendem Sonnenschein, das Meer, das vor mir lag wie mit glitzernden Brillanten überzogen, das gute Essen und die vielen Aufmerksamkeiten beruhigten auch mich.

Als der Kapitän den Festsaal für getrennte Gottesdienste von orthodoxen, liberalen und reformierten Juden zur Verfügung stellte und dafür sorgte, dass man das Hitlerbild vor jeder Andacht von der Wand entfernte, als die Schiffsküche auf Wunsch einiger Passagiere sogar koschere Mahlzeiten kochte, verloren sich meine Bedenken mehr und mehr.

Von einem Steward erfuhr ich Näheres über den Kapitän. Während des Ersten Weltkrieges war sein Schiff in Kalkutta beschlagnahmt und die gesamte Besatzung in einem Lager interniert worden. Fünf Jahre lebte er in Lagerhaft, hatte dort neben einem Turnverein einen Chor gegründet, geleitet und für die Sänger Noten kopiert und Chorsätze geschrieben. Die Tatsache, dass er mit seinen Männern musiziert hatte, um ihnen die Zeit der Gefangenschaft zu erleichtern, stärkte mein Vertrauen in ihn. Ich stellte nicht mehr infrage, dass er uns wohlgesinnt war.

Ich spürte, wie ich auflebte. Selbst Leah schien es besser zu gehen. Sie schenkte mir ein Lächeln, wenn sie im Liegestuhl an Deck in der Sonne lag. Es schien so, als würden wir eine Ruhepause geschenkt bekommen, bevor die kubanische Realität auf uns einstürzte. Wir hatten auf Kuba weder Bekannte noch Verwandte, die uns helfen konnten, Fuß zu fassen. Auf uns wartete ein Leben in einem der Lager der jüdischen Hilfsorganisationen. Ich wusste auch nicht, ob ich irgendeine Arbeit finden könnte, um Geld zu verdienen.

Am Abend lenkte mich die Musik von meinen Zukunftsängsten ab. Der Cellist und der Pianist der Bordkapelle gaben ein anspruchsvolles Konzert. »Claude Debussy, Sonate für Violoncello und Klavier d-Moll« stand auf dem Programm, sowie Tschaikowskis »Valse Sentimentale«, mein Lieblingsstück, und eine Sonate Kodálys für Cello und Klavier. Ich freute mich auf das Konzert. Schon bei der Unterhaltungsmusik war mir die Virtuosität des Cellisten, er hieß Robert Thomsen, aufgefallen.

Leah und ich saßen in der Halle auf den mit geblümtem Stoff bezogenen Stühlen, die um kleine, runde blank polierte Holztische aufgestellt waren. Auf der Bühne stand ein schwarz glänzender Steinway-Flügel, dessen Deckel bereits geöffnet war. Daneben standen Hocker und Notenständer für den Cellisten. Die Bühnenkante hatte man mit einem breiten Band aus Blumen verziert. Ich erinnere mich an alles so genau, weil ich lange kein Konzert mehr gehört hatte. Es war für mich etwas Besonderes, dort zu sitzen. Juden durften ja in Deutschland keine Konzertsäle mehr betreten.

Ich hielt Leahs Hand und streichelte sie. Leah lehnte ihren Kopf an meine Schulter und schloss die Augen. Als die Musiker die Bühne betraten, vergaß ich alles um mich herum.

Thomsens Cello war wie meines aus Ahornholz gefertigt, doch ich sah sofort, dass es ein antikes Instrument mit belgischem Steg war. Wahrscheinlich stammte es aus dem 19. Jahrhundert. Er platzierte den Stachel zwischen seine Füße, neigte das Cello, stützte es mit seinen Knien. Dann führte er den Bogen und stimmte es.

Das Konzert begann. Das Klavier beachtete ich kaum, obwohl ich natürlich das Zusammenspiel wahrnahm. Meine ganze Aufmerksamkeit war auf das Cello gerichtet. Seine Töne durchströmten meinen Körper. Das Instrument hatte eine warme, dunkel samtige, charaktervolle Klangfarbe, die sich mit hellen und obertonreichen Tönen großartig mischte und dadurch wie ein Bariton klang. »Ein Cello ist wie ein Mensch«, sagte Jakob Sakom oft. »Jedes Instrument hat seine eigene Stimme. Du darfst es niemals zwingen, seine ureigene Stimme zu verändern, sondern du musst ihr dienen und sie zum Schwingen bringen.«

Ich überließ mich den Celloklängen, die dieser wundervolle sensible Musiker zum Schwingen brachte. Der tragische Ernst, die Feierlichkeit der tiefen Klangregister hüllten mich wohlig ein, während die hohen Lagen mich belebten.

Sein Spiel trug mich fort aus der Welt, die mich zu erdrücken drohte.

Gleich nach dem Konzert lief ich in die Kabine und nahm mein Cello zur Hand. Das erste Mal seit meiner Verhaftung hatte ich wieder den Wunsch zu spielen. Es gab etwas, was größer und reicher war als das Elend der Welt. Ich ergriff den Bogen und spielte den »Valse sentimentale«. Ich spielte ihn für Alma.

Wir ankerten in Cherbourg, einem Hafen in der Normandie. Ich beobachtete einen Dreimaster, der gerade ablegte, als Leah mit einem Brief auf mich zugelaufen kam. Ihre Augen leuchteten.

»Aaron, Aaron, sie hat gelächelt!«

Leah umarmte und küsste mich.

»Lass mich lesen, Leah, bitte.«

Sie reichte mir den Brief.

Liebe Kinder!
Zunächst das Wichtigste. Der Zustand der Tochter unseres Freundes stabilisiert sich weiterhin. Sie hat ein erstes Mal gelächelt, erzählte man uns. Welche Freude! Auch uns geht es soweit gut. Ich arbeite viel im Gemüsebeet, und Vater sitzt im Halbschatten unter dem Apfelbaum. Macht euch also bitte keine Sorgen. Morgen kommen deine Eltern zu Besuch, Leah. Sie lassen grüßen. Ich werde natürlich meinen berühmten Mohnkuchen backen, und wir werden einen Korn auf euch trinken.
Eine gute(!) Reise wünschen euch innigst
Eure euch liebenden und umarmenden Eltern

In meine Nase stieg der Duft des Mohnkuchens. Ich sah die Eltern im Garten vor dem Haus sitzen, auf der grünen Bank mit dem wackelnden Holztisch davor. Meistens hatte meine Mutter eine rot karierte Decke aufgelegt und einen Wildblumenstrauß gepflückt, den sie in der weißen bauchigen Porzellanvase mit dem Goldrand drapierte. Ich stellte mir vor, wie schön es wäre, wenn Leah und ich sie mit Alma besuchen könnten, stellte mir vor, wie stolz sie auf unsere Tochter wären und wie sie sie lieb gewinnen würden.

In welcher Welt lebte ich, dass ich weder unsere Tochter noch die Eltern beschützen konnte? Was war das für eine Welt, in der wir bedroht waren von einer Regierung, die die Macht hatte, einen Großteil der deutschen Bevölkerung mit ihrem dämonischen Gedankengut zu erreichen? In welcher Welt lebten wir, dass niemand eine solche Regierung bremsen konnte?

Ich vergrub mein Gesicht in Leahs Haar. Lange standen wir da, ohne uns zu regen. Es war, als löste ich mich in Leah auf, um aus ihrer Wärme Kraft zu schöpfen.

»Alma lebt«, flüsterte ich, »und den Eltern geht es gut. Wir dürfen den Mut nicht verlieren.«

Wir schrieben einen kurzen Brief an die Eltern, damit er noch in Cherbourg von Bord gehen und mit der Post befördert werden konnte.

Das Schiff fuhr südöstlich der Biskaya-Zone, als Windstärke und Seegang zunahmen. Wir saßen im Speisesaal beim Abendessen, als mir übel wurde. Es begann mit Aufstoßen und Druckgefühl, dann eilte ich hinaus zur Reling und übergab mich.

Am nächsten Tag lag ich mit vielen anderen Passagieren seekrank an Deck. Weiß wie Schnee mit einem Grünstich um die Nase litten wir in Decken gehüllt auf den Liegestühlen. Rollmops, Haferschleim und Pfefferminztee, die der Stewart anbot, halfen nicht.

Mit der Übelkeit kam die Erinnerung an die KZ-Haft wieder. Die Strafkommandos, die Schläge und Fußtritte. Ich sah meinen Pritschennachbarn, der an Lungenentzündung starb, sah andere Männer, die plötzlich verschwunden waren. Ich verkroch mich unter die Decke. Weg, weg, nur weg von Deutschland.

Als wir wieder eine Schönwetterzone durchfuhren, sammelte ich neue Kraft. Ich hatte Leah auf dem Sportdeck zum Ringtennisspielen überredet. Ich warf den hohlen gelben Gummiring über das Netz, er kam zurück, ich hechtete ihm nach, fing in wieder auf. Auch Leah sprang herum. Ich sah ihr an, dass sie sich ebenso deplatziert fühlte wie ich. Die Erlebnisse, die uns bedrückten, machten die ganze Situation lächerlich. Wir waren Eltern ohne unser Kind, wir waren Flüchtlinge, deren Leben bedroht war, die vielleicht nie wieder deutschen Boden betreten konnten, und hüpften bei Shuffleboard und Ringtennis über das Sportdeck. Wir brachen das Spiel ab und zogen uns in unsere Kabine zurück. Wir lasen den Brief der Eltern noch einige Male und dachten an Alma.

Inzwischen war das Schwimmbassin gefüllt worden. Seit Leah schwimmen gehen konnte, ging es ihr besser. Nach dem Baden legten wir uns auf die Liegestühle und dösten in der Sonne, das leise Vibrieren der Schiffsmaschinen in den Ohren. Es waren Tage, die uns aufmunterten und uns halfen, etwas zuversichtlicher in unsere Zukunft zu blicken. Doch Alma war nicht bei uns, das vergaßen wir nie.

Es kam der Muttertag. Auf den Tischen standen zahlreiche Blumensträuße. Die Mütter saßen mit strahlenden Augen mit ihren Männern und Kindern am Frühstückstisch. Leah sprang auf, stürzte aus dem Salon und schloss sich den ganzen Tag in der Kabine ein. Mehrmals klopfte ich an die Tür, aber sie ließ mich nicht hinein.

Ich ging an Deck und suchte mir einen abgelegenen Platz. Aus meinem verborgenen Winkel starrte ich aufs Meer. Was konnte ich tun, um Leah zu helfen? Gar nichts konnte ich tun. Gar nichts. Alma war und blieb in Deutschland. Sie lebte dort als Tochter einer anderen Familie.

Plötzlich schwirrten fliegende Fische durch die Luft. Sie katapultieren sich mit einem Sprung aus dem Wasser und flitzten mit ihren flügelartigen Flossen über die Wasseroberfläche. Immer wieder schossen sie aus dem Wasser und sausten über den Ozean. Ich stand da und wünschte mir, auch ich könnte mit Leah und Alma unbeschwert über das Wasser fliegen. Stattdessen turnten Leah und ich auf dem Sportdeck herum und feierten Bockbier- und Winzerfeste, als gäbe es tatsächlich etwas zu feiern.

ZEHN

Wie soll ich die Ereignisse beschreiben, die sich nun zusammenbrauten? Eigentlich begann alles mit dem ersten Toten an Bord. Ein Passagier, er war Lehrer gewesen, war in der Nacht an Herzversagen gestorben. Den ganzen Tag über schwieg die Musik, die Bordkapelle spielte weder bei den Mahlzeiten noch im Salon. Alle unterhielten sich nur verhalten, die Eltern riefen ihre Kinder zur Ruhe, solange die Leiche nicht bestattet war.

Am Abend verlangsamte das Schiff die Fahrt. Matrosen ließen den Sarg zu Wasser. Einige Passagiere sprachen das Totengebet.

»El male rachamin« – »Gott voller Barmherzigkeit.« Die murmelnden Stimmen schwebten in der Dunkelheit.

In der Nacht dröhnte die Dampfsirene. Die Maschinen stoppten. »Mann über Bord!«, schrien Matrosen, »Mann über Bord!« Ich lief im Schlafanzug an Deck. Hilflos stand ich da. Immer mehr Passagiere kamen aus ihren Kabinen. Ein Rettungsboot mit Matrosen wurde zu Wasser gelassen. Scheinwerfer huschten über das Wasser, immer wieder blitzten sie auf und beleuchteten die Meeresoberfläche. Ein Tellerwäscher war über Bord gesprungen, genau an der Stelle, wo der Sarg zu Wasser gelassen worden war. Zwei Stunden lang fuhr das Boot umher. Dann brach der Kapitän die Suche ab. Ein paar

Matrosen fierten das Rettungsboot wieder hoch. Die Dieselmaschinen sprangen an. Das Schiff ging wieder auf seinen Kurs.

Ich lag schlaflos in der Kabine. Immer wieder flackerten vor meinen Augen die Suchscheinwerfer und die Frage auf: Warum hatte der Küchenjunge sich ins Meer gestürzt?

Was im Folgenden geschah, muss ich genau wiedergeben, so, wie ich alles erlebt habe, denn es bestimmte mein Leben und das Schicksal aller Passagiere.

Der Kapitän teilte uns mit, dass wir mit zwei anderen kleineren Flüchtlingsschiffen, die ebenfalls Havanna anlaufen wollten, um die Wette fuhren, und es für die »St. Louis« von Vorteil war, vor den anderen Schiffen den Hafen zu erreichen.

Wir befanden uns in der Nähe der Bermudas, als der Kapitän von der HAPAG in Hamburg ein Telegramm mit der Nachricht erhielt, dass den Passagieren möglicherweise die Landeerlaubnis verweigert werde. Von dem Telegramm erfuhr ich von Max Weis, der beim Dinner mein Tischnachbar war. Er vertraute mir vieles an, wir hatten uns angefreundet. Er gehörte dem Bordkomitee an, das sich aus Passagieren zusammensetzte. Der Kapitän teilte dem Komitee alle wichtigen Informationen mit, um Ängste der Mitreisenden aufzufangen. »Kapitän Schröder wird alles tun, um in Havanna anzulanden«, sagte Max Weis, »wir sind in Havanna ja nur für eine gewisse Zeit, um dann weiter in die USA zu fahren. Es wird schon alles gut gehen.«

Es wurde immer wärmer. Leah und ich lagen auf den Liegestühlen. Immer wieder sprangen wir ins Schwimmbecken, aber es brachte kaum Erfrischung. Sofort rann mir wieder der Schweiß von der Stirn.

Leah lag apathisch auf der Liege. Mich machte das windstille dumpfe Klima immer unruhiger. Ich versuchte mich abzulenken. In meinen Ohren erklangen die Anfangstakte von »La Mer« von Debussy. Ich spielte die Cellopartie im Gedächtnis.

Plötzlich hörte ich die Stimme meines Cello-Lehrers: »Achte darauf, dass dein Cello keinen hohen Temperaturschwankungen ausgesetzt ist. Schon kleinste Klimaschwankungen können Spielgefühl und Klang beeinträchtigen. Bei hohen Spannungen können auch Risse im Holz entstehen.«

Ich lief sofort in die Kabine und öffnete den Cellokasten. Das Instrument war Gott sei Dank unversehrt. Ich setzte mich auf den kleinen Stuhl und stimmte das Cello. Um mich zu beruhigen, spielte ich Debussy. Am liebsten hätte ich nicht mehr aufgehört zu spielen.

Möwen und Fischreiher kündigten Landnähe an. Wir waren fast am Ziel. Wir fuhren auf die Küste Floridas zu.

Für den frühen Morgen des nächsten Tages kündigte ein Offizier zwei kubanische Ärzte an. Wir gerieten in Aufbruchsstimmung, Leah packte unsere Sachen zusammen. In allen Gängen häuften sich die Koffer. Wir erhielten die ersten kubanischen Papiere. Leah und ich hielten sie in unseren Händen wie einen Schatz. Wir fühlten uns gerettet.

Am Abend fand ein Abschlussfest mit Tanz statt. Alle Passagiere trugen Festgarderobe. Leah trug ihr dunkelgrünes ärmelloses Sommerkleid, das ich so liebte. Es passte gut zu ihren grün schimmernden Augen und zur Haarfarbe. Sie sah wunderschön aus, sie hatte ihr Haar aufgesteckt und mit einer rostroten Spange befestigt. Ich hielt Leah im Arm. Wir tanzten Walzer. Dann wechselte die Kapelle zu Charleston. Die Stimmung wurde immer ausgelassener. Unsere Rettung schien geglückt. Hoffnung und Zuversicht regierten. Niemand dachte an jenem Abend über die Probleme und Unsicherheiten, die unser neues Leben mit sich bringen würde, nach.

Nach dem Fest lagen Leah und ich in der Kabine. Ich umarmte sie. »Wenn wir aufwachen«, sagte ich, »liegen wir bereits im Hafen.«

ELF

Es war früher Morgen. Ich schaute sofort aus dem Fenster. Vor mir lag die Stadt Havanna. Es war noch dunkel, die Lichter der Stadt blinkten mir entgegen. In nur wenigen Minuten würde die Sonne aufgehen. Ich erkannte das Kapitol, die Hafenpromenade mit Palmen. Autobusse und Straßenbahnen fuhren lautlos durch die fremdartige Stadtlandschaft. Wir waren angekommen.

»Leah, schau doch, wir sind da. Das ist Havanna.«

Das Schiff lag in der Bucht von Havanna vor Anker, nicht am Pier, doch alles schien seinen Gang zu gehen. Die kubanischen Hafenärzte waren eingetroffen. Wir standen im Festsaal versammelt und schritten einer nach dem anderen an den Ärzten vorüber.

Auch Einwanderungs- und Zollbeamte waren an Bord gekommen, um unsere Pässe zu prüfen und zu stempeln. Leah und ich hatten gerade unsere Stempel erhalten, als die Beamten abrupt ihre Sachen zusammenpackten, den Saal und kurz darauf das Schiff verließen. Statt ihrer kam eine Polizeimannschaft mit Revolvern und großen Knüppeln bewaffnet an Bord. Niemand informierte uns, wir wussten nicht, was vor sich ging.

Die Polizisten waren freundlich. Ein Polizist bot mir eine Zigarette an, sie war in sehr dickes Papier gewickelt. Wir versuchten, uns mit ihnen zu unterhalten, aber nur wenige von uns sprachen Spanisch. Wir hatten uns in aller Eile nur die ersten Anfänge dieser Sprache beigebracht. Jedenfalls erhielten wir keine Informationen von den Männern.

Wir mussten auf dem Schiff bleiben. Da Pfingsten war, und wir die Feiertage für die Verzögerung verantwortlich machten, blieb es ruhig unter uns Passagieren.

Ich jedoch hatte meine Ruhe längst verloren. Ich fragte Max Weis, ob er neue Informationen hätte. Er schüttelte verneinend den Kopf.

»Selbst der Kapitän hat keinerlei Auskunft erhalten. Niemand weiß, was hier vor sich geht«, sagte Max. »Aber auch der Kapitän nimmt an, dass wir nach den Pfingsttagen von Bord gehen können.«

Barkassen umrundeten das Schiff, auf denen Verwandte und Freunde winkten und versuchten, nahe an die »St. Louis« heranzufahren, um sich mit ihren Angehörigen verständigen zu können. Nur wenigen gelangen ein paar Zurufe. »Man kümmert sich um euch«, rief eine Stimme aus einem Boot, »habt Geduld!«

Viele weinten vor Freude.

Leah und ich hatten keine Bekannten in Havanna. Wir standen an der Reling und beobachteten, wie die Polizeiboote die kleinen Boote immer stärker abdrängten.

Inzwischen war der Fürsorgedirektor der jüdischen Hilfsorganisation von Havanna und ein HAPAG-Direktor an Bord gekommen, um sich mit dem Kapitän und dem Bordkomitee zu beraten.

»Alle sprechen von Hoffnung und Zuversicht, ohne uns über irgend etwas zu informieren«, sagte Max Weis. »Warum dürfen wir nicht an Land? Warum sollen unsere Lande-Permits nicht mehr gültig sein? Wir haben die Fahrt nach Havanna und die Landegenehmigungen bezahlt. Niemand beantwortet uns diese Fragen.«

Stündlich ging ich zum Schwarzen Brett in der Halle, wo Informationen für alle Passagiere angeschlagen wurden. Ständig fragte ich Max Weis, ob er Näheres erfahren hätte.

Die Pfingsttage verstrichen. Immer wieder hieß es, die Behörden arbeiteten nicht an Pfingsten.

Leahs Nerven wurden immer schwächer. Als ein Boot Zeitungen und die Post brachte, war ein Brief ihrer Eltern dabei.

Ihr habt alles richtig gemacht! Bleibt dort, wo ihr seid. Wir werden bald nachkommen, sobald sich eine Möglichkeit auftut. Wir werden auch versuchen, deine Eltern mitzubringen, Aaron. Macht euch keine Sorgen. Tante A. soll nächste Woche aus dem Krankenhaus entlassen werden. Sie hat es geschafft und ist jetzt stabil! Der Arzt ist sehr zufrieden.

Sie hat es geschafft und ist jetzt stabil! Der Arzt ist sehr zufrieden. Immer wieder lasen wir diese Zeilen. Ich küsste Leah, die wieder auflebte.

»Wenn Alma es geschafft hat, dann schaffen wir es auch.«

Am Dienstag nach Pfingsten erfuhren wir, dass während unserer Fahrt ein neues Dekret erlassen worden war. Der kubanische Präsident Bru hatte angeordnet, keine Juden mehr an Land zu lassen, und forderte die sofortige Abfahrt unseres Schiffes. Der Kapitän und das Bordkomitee beschworen uns, Ruhe zu bewahren.
»Wir bekommen Unterstützung von einem New Yorker Anwalt der JOINT«, sagte Max Weis, »er ist auf dem Weg nach Havanna.«

Niedergeschlagen und erschöpft warteten wir in tropischer Hitze. Die meisten von uns blieben gefasst trotz der Ängste, die von Tag zu Tag, von Stunde zu Stunde zunahmen.

Ich hatte begonnen, Whiskey-Soda statt Bier oder eisgekühlte Getränke zu trinken, denn er löschte den Durst und reduzierte das Schwitzen. Anfangs wirkte der Whiskey belebend und beruhigend zugleich. Ich fiel in einen wohligen Dämmer. Dann bemerkte ich, wie ich immer betrunkener wurde. Ich hörte sofort auf mit dem Whiskey. Ich wollte und musste einen klaren Verstand behalten.

Wir hockten auf dem Schiff in drückender Hitze. Am Abend braute sich ein Unwetter zusammen. Über eine halbe Stunde lang ging das Gewitter auf uns nieder, doch es brachte weder Abkühlung noch Entspannung. Die tropische Luft dampfte noch drückender und feuchter als zuvor. Wir warteten schon den fünften Tag. Seit fünf Tagen blickte ich auf die Stadt, die ich nicht betreten durfte, seit fünf Tagen hatte ich ihre fremden süßlichen und stickigen Gerüche in der Nase. Wann würden wir endlich an Land gehen können?

Die ersten Passagiere hielten dem Druck nicht mehr stand. Ein Passagier schnitt sich die Pulsadern auf und sprang über Bord. Zwei Matrosen sprangen ihm nach und fischten den Mann aus dem Wasser. Der Schiffsarzt konnte ihn retten. Ein Polizeiboot brachte den Mann dann ins Krankenhaus in Havanna.

Kurz darauf versuchte ein Münchner Arzt, sich in seiner Kabine zu vergiften. Ein Steward hatte ihn gefunden und sofort den Schiffsarzt verständigt, sodass auch er gerettet werden konnte.

Leah rüttelte an mir. »Wir hätten niemals auf dieses Schiff gehen dürfen. Warum sind wir nicht bei Alma geblieben, warum? Sind wir aus Deutschland geflohen, um uns hier umzubringen?«

Ich schloss mich der Schiffswache an, die aus jungen Männern gebildet wurde, um rund um die Uhr Patrouille zu laufen und Selbstmorde zu verhindern.

Einige Frauen planten, eine Bittschrift an die Frau des kubanischen Präsidenten zu verfassen, damit die Passagiere der »St. Louis« endlich aufgenommen würden. Ich drängte Leah, sich zu beteiligen. Die Frauen schickten die Bittschrift ab, aber sie erhielten keine Antwort.

In der Zwischenzeit waren andere kleinere Flüchtlingsschiffe abgewiesen worden, die wie wir darauf warteten, anzulanden. Sie hatten die Bucht bereits verlassen. Wohin fuhren sie?

Kapitän Schröder ging an Land, um ein Treffen mit dem Präsidenten zu vereinbaren. Die Audienz scheiterte. Er kam mit einem Ultimatum zurück, das den Befehl enthielt, den Hafen umgehend zu verlassen.

Am Abend jenes Tages hing folgende Mitteilung des Kapitäns am Schwarzen Brett:
Die kubanische Regierung verlangt von uns, den Hafen zu verlassen. Die endgültige Abreise ist für morgen früh zehn Uhr festgelegt.
Die Reederei wird mit verschiedenen Hilfsorganisationen und Behörden in Kontakt bleiben. Die Verhandlungen sind mit Verlassen des Hafens keinesfalls abgebrochen. Wir werden in der Nähe der amerikanischen Küste bleiben.

Vertreter des amerikanischen und kubanischen JOINT kamen an Bord und sprachen uns Mut zu. Mut wozu?
»Wir können nicht mehr«, rief ich, »wir haben genug hinter uns, müssen wir auch hier um unser Leben bangen? Wir werden seit einer Woche auf diesem Schiff festgehalten. Jetzt werden wir weggeschickt, ohne zu wissen, wie es weiter geht? Ohne zu wissen, was aus uns wird!«

Die Barkassen mit den Freunden und Verwandten waren verschwunden. Sie durften sich dem Schiff nicht mehr nähern. Wir standen an der Reling und blickten auf das mit Scheinwerfern beleuchtete Wasser und die Armada von Polizeibooten, die uns umkreiste. Viele weinten.

Jeder von uns hatte Reisepässe mit Visa, es gab keine falschen Reisepässe an Bord! Wieso half uns niemand?

Max Weis beruhigte mich. »Wenn Kuba sich weiterhin weigert«, sagte er, »wird Amerika ein Einsehen haben und uns aufnehmen. Wir haben alle Quotennummern. Man kann uns als Asylanten aufnehmen, und dann warten wir eben im Land auf den Aufruf unserer Nummern. Das wäre doch rechtens und eine vernünftige Lösung.«

Die Schiffsmotoren dröhnten bereits. Polizeiboote eskortierten uns aus der Bucht bis über die Dreimeilenzone hinaus. Rufe der Verzweiflung mischten sich in den Klang der aufheulenden Schiffsmaschinen.

Wir umringten den Kapitän.

»Wohin fahren sie uns? Wohin?«

ZWÖLF

Der Kapitän ließ das Schiff zwischen Kuba und Florida pendeln, um eine Anlandung herbeizuführen. Er versprach uns, alle zwei Stunden Bericht über die aktuelle Situation und unsere Aussichten zu erstatten.

Ein Funkspruch aus New York war eingetroffen, der lediglich die Nachricht enthielt, man arbeite an einer Lösung, wir sollten den Mut behalten, weil ein Anlanden in Havanna vielleicht doch noch möglich sei.

Nichts geschah.

Der Kapitän teilte uns seinen Plan mit, Passagiere in der Nacht heimlich mit Rettungsbooten an Land zu bringen. Er hatte einen Strand in unmittelbarer Nähe von Miami ausgewählt. 300 Personen, darunter auch Leah und ich, waren bereit, es zu wagen. Jeder durfte nur einen Koffer mitnehmen. Es gab Proteste wegen meines Cellos. Es sei viel zu sperrig. Als ich versprach, es wie einen Rucksack auf dem Rücken zu tragen, durfte ich es mitnehmen.

Das Schiff fuhr mit gelöschten Decklampen nahe der Küste entlang. Wir standen schweigend und angstvoll angespannt, bereit, in die Rettungsboote zu steigen.

Die Maschine stoppte, die Anker rauschten ins Wasser. Die Ersten von uns waren gerade dabei, in die Boote zu klettern, als wie aus dem Nichts ein Patrouillenboot der amerikanischen Küstenwache auftauchte und mit den Scheinwerfern Morsezeichen gab. Die Lichtzeichen forderten den Kapitän auf, die Dreimeilenzone sofort zu verlassen und auf das offene Meer zurückzufahren.

Ein weiteres Patrouillenboot kam hinzu. Wenig später dröhnten Motorengeräusche am Himmel. Flugzeuge kreisten über dem Schiff.

Der Kapitän gab nicht auf. Er täuschte einen Maschinenschaden vor, doch die Amerikaner ließen sich nicht täuschen und beharrten weiterhin auf unserer sofortigen Abfahrt. Schließlich forderte der Kapitän uns auf, wieder in unsere Kabinen zu gehen.

Die ganze Nacht saßen Leah und ich hellwach in unserer Kabine. Wir fanden keine Worte für das, was geschehen war.

»Warum können nicht im Namen der Menschlichkeit in unserer fortschrittlichen Zeit die Nationen, eingeschlossen die Vereinigten Staaten, zusammenkommen und Quoten beschließen, die das Flüchtlingsproblem für immer lösen«, schrieb ein amerikanischer Journalist im Jahre 1939. »Es muss für zivilisierte Menschen eine bessere Lösung geben, als Polizeiboote hinauszusenden, um die ins Meer Gesprungenen herauszufischen.«

Wir dümpelten weiterhin auf dem Ozean. Verschiedene Kabel gingen ein. Ein Land in der Nähe wollte uns eine Landung gestatten, doch ehe die Verhandlungen in Kuba nicht abgeschlossen waren, sollte es nicht genannt werden. Dann hieß es, wir könnten auf der Insel Pinosa auf der Südseite Kubas landen. Ein paar Stunden später wurde die Meldung widerrufen.

Jeder von uns reagierte unterschiedlich auf unsere Situation. Die Religiösen unter uns hofften auf Gott, andere auf Präsident Roosevelt. Wieder andere schwiegen und verkrochen sich in ihre Kabinen. Leah hatte ihren gesunden Menschenverstand verloren. Sie dachte nur daran, wieder zu Alma zurückzufahren. »Wir müssen zurück, sonst werden wir sie nie wiedersehen!«, rief sie. Sie trommelte mit ihren Fäusten auf meine Brust. »Ich will zurück, ich will zurück!« Ich hielt sie fest und umarmte sie, bis sie sich beruhigt hatte.

Ziellos kreuzten wir auf dem Ozean. An Steuerbord tauchten Haifischflossen auf, als witterten die Tiere unsere Situation. Die Stimmung an Bord wurde immer bedrohlicher. Es kam zu Streit und Aggressionen, die sich auf die Kinder übertrugen. Um uns zu beschäftigen und abzulenken und um Selbstmorde zu verhindern, erhielten wir intensiven Spanischunterricht. Gleichzeitig hatte der Kapitän eine weitere Wachmannschaft mit 60 Posten zusammengestellt, die er über das ganze Schiff verteilte.

Die Musikkapelle machte Überstunden und war beauftragt, fröhlich aufzuspielen. Es war unerträglich für uns, und wir sorgten dafür, dass die Musiker nicht mehr spielen durften.

Quién, cómo, qué, dónde, cuando, porqué, de dónde, adónde?

Die nächsten Tage vergingen mit Unterricht und mehreren Versammlungen, in denen der Kapitän zu uns sprach, ohne dass sich unsere Lage änderte. Die amerikanische Presse hatte viele Berichte über unsere Situation veröffentlicht. Zu einem Bleiberecht führten sie nicht.

Wir standen alle im Saal, als der Kapitän verkündete, dass Amerika definitiv abgelehnt hatte, uns zu helfen und uns aufzunehmen. Es gab auf der Welt keinen Platz für uns.

Gebt mir eure Müden, eure Armen,
Eure geknechteten Massen,
die frei zu atmen begehren,
Die bemitleidenswerten Abgelehnten
eurer gedrängten Küsten;
Schickt sie mir, die Heimatlosen,
vom Sturme Getriebenen,
Hoch halt' ich mein Licht am gold'nen Tore!
Sende sie, die Heimatlosen,
vom Sturm Gestoßenen zu mir.
Hoch halte ich meine Fackel am goldenen Tor.

Die Inschrift der Freiheitsstatue in New York änderte nichts an unserem Schicksal. Für uns Juden auf der »St. Louis« galt sie nicht.

Treibstoff, Wasser und Proviant wurden knapp. Der Kapitän rationierte Wasserverbrauch und Nahrung. Nur zögernd brachte er die Order über seine Lippen, dass die HAPAG das Schiff nach Cuxhaven zurückbeordert hätte. Er müsse Kurs auf den englischen Kanal nehmen.
 Im Saal entstand Tumult. Schreie und lautes Weinen, Flüche und Drohungen ertönten.

»Herr Kapitän, Sie wissen genau, wir können nicht zurückkehren. Wir haben alles verloren, das KZ erwartet uns. Wir springen lieber in die Nordsee, als ins KZ zu gehen.«

»Lieber tot als das noch einmal.«

»Wir werden uns niemals mit einer Umkehr nach Deutschland abfinden.«

»Sie werden die Kabinen leer vorfinden, bevor wir Cuxhaven erreichen!«

Am nächsten Morgen versuchte eine Gruppe von Männern, die Kommandobrücke zu besetzen. Schreie und Rufe ertönten.

»Wir gehen nicht zurück, eher setzen wir das Schiff in Brand!«

Aus dem Tumult ertönte plötzlich eine Stimme.

»Ruhe, der Kapitän will reden!«

»Seien Sie doch vernünftig!«, rief der Kapitän, »ein Schiff wie die St. Louis kann ohne geschulte Mannschaft nicht sicher geführt werden. Ich verspreche Ihnen, ich tue alles, um Ihre Rückkehr nach Deutschland zu verhindern. Ich hoffe, die Küsten neutraler Staaten ansteuern zu können«, sagte er. »Ich stehe mit Herrn Troper in Verbindung. Er ist der Vorsitzende des JOINT für Europa. Bitte bewahren Sie Ruhe. Wir tun unser Möglichstes.«

An Bord bildete sich ein Seelsorge-Komitee, das die Menschen mit Nervenzusammenbrüchen betreute. Auch alle Ärzte an Bord wurden gebeten, zu helfen.

Wir fuhren weiter Richtung Europa. Viele hatten

beschlossen, ins Wasser zu springen, sobald das Schiff den Kanal durchfahren hätte.

Leah sagte: »Wenn wir in Cuxhaven sind, fahre ich sofort nach Hamburg.«

Ich schüttelte sie. »Leah, wach auf, bist du irrsinnig, was redest du da? Hör auf, komm endlich zu dir.«

Sie fing zu weinen an. Ich hielt sie im Arm.

»Ist ja gut, ist ja gut, entschuldige. Wir dürfen jetzt beide nicht die Nerven verlieren. Der Kapitän bemüht sich ja um eine Lösung.«

Der Kapitän vertraute dem Bordkomitee an, dass er plante, an der Südküste Englands eine Motorhavarie mit Schiffsbrand vorzutäuschen, um alle Passagiere mit den Rettungsbooten an Land bringen zu können, wenn uns niemand aufnehmen würde.

Doch dazu kam es nicht mehr. Ein Telegramm Tropers traf ein. Der Kapitän rief sofort alle Passagiere in den Saal und verlas es. Seine Stimme zitterte:

»Definitive Vereinbarung für die Ausschiffung aller Passagiere zustande gekommen. Belgien, Holland, Frankreich und England haben zugestimmt, alle Flüchtlinge aufzunehmen und unter sich aufzuteilen. Der Kapitän wird in Kürze Anlandungsanweisungen erhalten.«

»Meine Damen und Herren«, rief der Kapitän, »die Bestätigung dieser Information ist bereits eingegangen.«

Jubel brach aus. Wir weinten und lachten gleichzeitig. Jetzt spielten die Musiker wieder auf. Leah und ich tanzten unsere ganze Verzweiflung der letzten Wochen aus uns heraus und schöpften Hoffnung.

ZWEITER TEIL

EINS

Alle wären am liebsten nach England gegangen, um den Ärmelkanal zwischen sich und dem Deutschen Reich zu haben. Wer jedoch keine Kontaktperson in England hatte, konnte auch nicht dorthin eingeteilt werden. Dasselbe galt für die anderen Länder. Hinzu kam, dass alle Länder sich bemühten, Flüchtlinge mit möglichst niedrigen USA- Quotennummern zu erhalten, um sie schnell wieder loszuwerden.

Leah und ich hatten nirgendwo Freunde oder Bekannte, und die hohe Quotennummer ließ uns keinerlei Wahlmöglichkeit. So wurden wir für die Niederlande eingeteilt. Leah war damit einverstanden, sie dachte an Alma und hoffte, unsere Tochter könne so schnell wie möglich zu uns gebracht werden. Ich behielt meine Bedenken zunächst für mich. Ich hielt es für sicherer, Alma vorerst als Nichtjüdin aufwachsen zu lassen. Unsere Freunde konnten Alma nicht einfach zu uns in die Niederlande schicken. Es wäre unverantwortlich, es von ihnen zu verlangen und sie damit in Gefahr zu bringen. Wir konnten nicht einmal einen Brief, geschweige denn einen Besuch, weder von Agnes oder den Bernstorffs, erwarten, ohne sie zu gefährden.

Wie ging es Alma? Schon lange hatten wir keine Post mehr erhalten. Ein Kabel an unsere Eltern war unbeantwortet geblieben.

Leah drängte mich, Agnes Müller oder Martin Bernstorff zu schreiben. Um Zeit zu gewinnen, versprach ich es ihr, sobald wir eine Bleibe gefunden hätten.

Während Leah nur an Alma dachte, machte mir die Nähe zu Deutschland Angst. Die Möglichkeit, dass der Krieg ausbrach, wuchs von Tag zu Tag. Wenn es dazu kam, würden wir überhaupt nicht mehr nach Amerika gelangen. Wie wird es weitergehen?, fragte ich mich damals. Es dauerte nicht lange, bis meine Frage beantwortet war.

Es war ein bedeckter Tag, als die »St. Louis« in Antwerpen ankam. Dunkle Wolken standen am Himmel. Hafengebäude, Kräne und Kirchtürme der Stadt lagen düster vor mir. Ich ließ mich von der dunklen Kulisse nicht entmutigen. Antwerpen bedeutete für uns alle die Rettung. Wir waren 33 Tage auf See gewesen. Wir waren erschöpft und ängstlich, aber dennoch zuversichtlich.

Als das Schiff im Hafen von Antwerpen anlegte, standen die meisten von uns an der Reling. Einige lugten aus den Bullaugen und winkten dem Hafenpersonal und den Polizisten zu, die merkwürdig in die Höhe ragende Kappen trugen. Diejenigen von uns, die für Belgien eingeteilt waren, standen bereits mit Handkoffern, Beuteln und Taschen bereit, um das Schiff zu verlassen.

Die Matrosen ließen die Gangway herunter. Zunächst durften nur der Kapitän und seine Mitarbeiter von Bord. Dann erhielten die Belgien-Asylanten Erlaubnis, das Schiff zu verlassen. Mit ihrem Gepäck beladen wankten sie den Steg von Querholm zu Querholm hinunter. Die Tampen, die als Geländer gespannt waren, gaben ihnen nur wenig Halt.

Wir winkten und riefen ihnen gute Wünsche zu. Vom Hafenpier aus schauten sie noch einmal zu uns hinauf und wedelten mit ihren Taschentüchern. Sie waren von Bord gegangen, sie hatten endlich Land unter ihren Füßen, Land, das ihnen Schutz gewährte. Wir riefen und winkten, bis sie in den Zug stiegen, der sie in ihre Quartiere brachte.

Wir anderen hatten noch eine weitere Schifffahrt vor uns. Die für Frankreich und England bestimmten Flüchtlinge fuhren nach Boulogne-Sur-Mer und Southampton.

Leah und ich bestiegen mit knapp 200 für die Niederlande eingeteilten Personen die »Jan van Herckel«, die uns nach Rotterdam brachte.

In Rotterdam quartierte man uns in einer alten Quarantänestation ein, die zum Lager für deutsche und österreichische Flüchtlinge umfunktioniert worden war. Als ich das von Stacheldraht umzäunte und von Posten mit Wachhunden umstellte düstere Backsteingebäude sah, trat mir Angstschweiß auf die Stirn. Es unterschied sich kaum von einem deutschen Konzentrationslager.

Man bedrohte uns nicht, aber gern gesehen waren wir nicht. Wir waren unerwünschte Ausländer, die auf keinen Fall integriert werden sollten. Man plante, alle Juden in einem neu zu errichtenden Lager zentral aufzufangen.

Wir wussten damals noch nichts von dem Plan und dem Beschluss der Holländer, ein neues Lager zu errichten. Vorerst blieben wir in Heijplaat und wurden mit dem Nötigsten versorgt.

Wieder und wieder drängte Leah darauf, den Eltern Nachricht zu geben und so bald als möglich Alma zu uns zu holen. Wir stritten uns. Ich wollte Almas Leben nicht gefährden. Bei Martin war sie bestens versorgt und in Sicherheit. Ich sorgte mich auch um Martin, was ich Leah immer wieder sagte. Leah war vollkommen uneinsichtig, wenn es um Alma ging. Sie bestand darauf, wenigstens die Eltern zu fragen und ihnen zu schreiben, ungeachtet der Briefzensur.

Schließlich schrieben wir unverfängliche Briefe an die Eltern, die die versteckte Nachricht enthielten, dass wir Alma zu uns nehmen wollten, wenn es möglich sei.

Lange hörten wir nichts. Dann kam nur ein kurzes Telegramm.

Euer Wunsch zur Zeit völlig unmöglich. Bitte abwarten.

Leah zerriss das Telegramm.

»*Abwarten, abwarten* – soll ich auf mein Kind warten, bis es erwachsen ist?«

Ich versuchte, Leah zu beruhigen. Es gelang mir nur schwer, denn ihre Nerven waren bereits zum Zerreißen gespannt.

Deutschland hatte Polen überfallen. Dann nahm alles seinen verheerenden Lauf. Wie wohnten nur wenige Stunden von der deutschen Grenze entfernt. Wir konnten nichts mehr an unserer Situation ändern. Wir saßen in den Niederlanden fest mit der hohen Quotennummer, ohne Geld, eine weitere Passage bezahlen zu können, ohne unser Kind und mit dem Krieg im Rücken.

Ich verstieg mich in den Gedanken, nach Schanghai zu gehen. Schanghai war der einzige Ort auf der Welt, der eine Einreise ohne Einschränkung erlaubte. Abgesehen davon, dass ich nicht wusste, wie ich dorthin gelangen sollte, und mir die bittere Armut vorstellte, in der wir in China leben würden, hielt Leah mich für verrückt, überhaupt nur daran zu denken, weil sie niemals mitkommen würde, weil dieser Entschluss hieße, dass wir Alma nie wiedersehen würden.

ZWEI

Der Krieg wütete seit einigen Wochen, als man Leah und mich mit weiteren ehemaligen Passagieren der »St. Louis« in das neu errichtete Lager für jüdische Flüchtlinge nach Westerbork brachte.

Es war ein windstiller, sonniger Herbsttag. Die Natur tat so, als wäre nichts geschehen. Die Baumkronen leuchteten in intensiven Rot-, Gelb- und Rosttönen.

Die Lokomotive stampfte voran. Wir fuhren durch eine Heidelandschaft. Links und rechts der Bahngleise erstreckten sich weite violett schimmernde Blütenteppiche, die sich kilometerlang hinzogen.

Als wir ausstiegen, hatte ich den Heidegeruch in der Nase, er war von Kiefernadel- und Harzduft durchmischt. Dieser eigentümliche Geruch blieb für mich zeitlebens mit allem verbunden, was in Westerbork geschah.

Wir schritten die breite gerade Straße entlang, die mitten durch das Lager führte. Auf dem Gelände waren verschiedene größere Verwaltungsgebäude, ein Krankenhaus und unzählige Holzbaracken mit Spitzdächern errichtet.

Leah und ich durften als Jungvermählte ein Zimmer in einer kleineren Baracke mit nur drei weiteren Räumen beziehen. Dies war insbesondere später, als das Lager sich füllte, ein großes Privileg.

Ein Lager ist immer ein Ort, an dem niemand sein möchte. Es ist ein Ort, an dem man Menschen interniert, für die man, so glaubt man zumindest, keinen anderen Platz hat oder keinen Platz bereitstellen möchte, es ist ein Ort für Menschen, die lieber isoliert leben sollen, über die man sich am besten keine weiteren Gedanken machen muss. Ein Mensch, der in einem Lager wohnt, einerlei in welchem, ruft Ablehnung und Skepsis hervor. Er befindet sich in der unfreiwilligen Situation, die ihn allmählich zermürbt, denn er wartet und weiß nicht, wann sein Lagerleben endet.

Wir blieben also im Lager und warteten. Worauf? Auf die Quotennummer? Was nützte sie uns denn noch? Auf Alma? Wir hatten nichts mehr gehört von unseren Eltern, von Martin, von Agnes. Warteten wir auf das Ende des Nationalsozialismus? Wann würde das sein? Die deutsche Armee war dabei, Europa zu überrollen.

Im Mai 1940 marschierte die deutsche Wehrmacht in Holland ein. Von diesem Zeitpunkt an kamen alle in die Niederlande geflohenen jüdischen Deutschen und Österreicher nach Westerbork, soweit sie nicht untertauchten. Bald folgten auch die niederländischen Juden.

Zunächst hatte das niederländische Justizministerium die Lagerverwaltung inne, die Befehlsbefugnis aber lag bei der deutschen Besatzung. Wir hätten zu diesem Zeitpunkt noch die Möglichkeit gehabt, das Lager zu verlassen. Aber wohin? Wir hatten keinen Ort, an den wir hätten gehen können.

Wir trugen schon den Judenstern, als ein Zaun um das Lager gezogen und weitere große Baracken errichtet wurden. Dann stand Westerbork unter direkter deutscher Verwaltung. Aus dem »Zentralen Flüchtlingslager Westerbork« wurde das »Polizeiliche Judendurchgangslager Kamp Westerbork«.

DREI

Ich war Musiker im Lagerorchester. Wir spielten im gleichen Saal, in dem sich die Menschen für den Transport einzufinden hatten. Jeden Dienstag gingen die Transporte ab, nach Auschwitz, Sobibor, Theresienstadt oder Belsen, meistens nach Auschwitz. Der Montag war der Tag der Angst. Immer am Montagabend wurden die Namen verlesen. Jeden Montag 1000 Menschen, die die Regierung in Berlin für jede Deportation forderte. Die Lagerleitung musste die Zahlen unter Androhung von Repressalien einhalten.

Jeden Dienstagmorgen wurden die Ausgewählten in Dreierreihen in den Saal geführt, den Saal, in dem wir abends spielten. Viele der Menschen weinten im Saal und auf dem Weg zum Zug. Sie wurden bewacht von den Männern in grüner Uniform und hohen Schaftstiefeln, bewacht vom Ordnungsdienst, den wir »jüdische SS« nannten. Das Lager stand unter jüdischer Selbstverwaltung. Juden organisierten, Juden schrieben Listen, Juden waren Handlanger in allen Bereichen, Juden machten alles, um sich zu retten. Nur wenige kannten das Gefühl des Mitleids, wenn es um ihr eigenes Überleben ging. Das gehörte zum System der Deutschen, man zwang die Juden, ihre Brüder und Schwestern zu beseitigen.

Ich machte Musik und Tingeltangel in dem Saal, in dem die zu Deportierenden gesammelt wurden. Ich spielte Cello. »Ein Cello ist wie ein Mensch«, sagte Jakob Sakom oft.

Transporte, Viehwagen, Musik. Die Musik kann nichts dafür. Die Musik ist unschuldig.

»Aaron, wir können es nicht ändern«, sagte mein Lehrer. »Vergeh dich nicht an der Musik. Die Musik ist heilig. Wenn uns etwas beschützt und stärkt, dann ist es die wahre göttliche Musik.«

»Ich würde Sie nie bitten, am Abend vor dem Transport zu spielen, aber am Abend danach ist es gerade richtig, es bringt die Leute auf andere Gedanken«, sagte der Lagerkommandant zum Dirigenten.

Der Lagerkommandant Gemmeker saß in der ersten Reihe. Er galt als kultiviert und weniger korrupt als sein Vorgänger. Er förderte Freizeitaktivitäten, Kabarett und Musik im Lager.

Gemmeker war verantwortlich für die Auswahl der Juden, die in die Vernichtungslager deportiert wurden. Wöchentlich traf er sich mit seinem Stab, um die Zusammensetzung der Transporte zu besprechen.

Dicht hinter ihm saß sein jüdischer Assistent Todtmann, dann folgten Kurt Schlesinger, Oberdienstleiter des jüdischen Ordnungsdienstes, Chef der Registratur, er war Gemmekers rechte Hand, er war der Mann, der auswählte, wer von uns auf Transport gehen musste. Es war seine Hauptaufgabe, die Häftlingskartei zu verwalten und die Deportationslisten zu erstellen.

Unser Orchester bestand aus 35 Musikern, vom Virtuosen bis zum Dilettanten waren alle Spielgrade vertreten. Heinz Neuberg, unser Dirigent, hatte ein Programm aus »arischer« Musik zusammengestellt. »Oberon« von Weber, die »Unvollendete« von Schubert, den »Valse triste« von Sibelius.

Etwa 500 Zuhörer waren gekommen. Wir spielten erbärmlich. Das lag nicht allein an uns. Neuberg war ein schlechter Dirigent, er nahm alle Tempi zu langsam. Dennoch bekamen wir nach dem Konzert Applaus, und der Dirigent erhielt einen Blumenstrauß.

Ich sah, wie der Kommandant später mit Neuberg eine Zigarette rauchte und sich mit ihm unterhielt. Wenig später ordnete Gemmeker an, dass das Symphonieorchester keine klassische Musik mehr spielen dürfe, weder am Dienstag nach dem Transport noch zu anderen Gelegenheiten. Er erteilte den Befehl, von nun an leichte Operettenmusik zu spielen – in dem Saal, in dem die zu Deportierenden weinten, in dem mein Cello klang wie ein Mensch.

Wir Musiker genossen Vorrechte, wir waren von der Lagerarbeit freigestellt und konnten proben, wir hatten gute Unterkünfte, wir schliefen nicht in den großen Baracken mit den dreistöckigen Etagenbetten, in denen die Menschen litten und sich drängten. Ich schlief mit Leah weiterhin in dem kleinen Zimmer in der kleinen Baracke, in der nur drei weitere Räume von drei anderen Paaren bewohnt waren. Ich war Musiker, ein Günstling Schlesingers. Er hatte die Künstler vom Dienstagstransport freigestellt und manchmal ließ er uns Kognak und Delikatessen zukommen.

Ich beschwor Leah, sich für das Kabarett zu melden und vorzusingen, um unsere Vorrangstellung zu festigen. Ich war sicher, sie würde sofort angenommen, wahrscheinlich sogar für Soli, auf jeden Fall aber für Chorgesang. Leah weigerte sich. Seit sie Alma geboren hatte, seit sie sie hatte weggeben müssen und wir Flüchtlinge waren, mit allem, was folgte, hatte sie nie wieder gesungen.

»Ich kann nicht mehr singen. Und ich werde mich niemals zum Hofnarren des Kommandanten machen«, sagte Leah und ging wie alle jungen Frauen Heide pflücken. Für Leah bedeutete Singen im Lager das Ende ihrer inneren Freiheit. Sie rettete sich, indem sie ihren Mund verschloss. Für mich war die Musik Mittel zum Überleben, für mich war das Musizieren im Lager eine Möglichkeit, mich innerlich frei zu fühlen, denn ich vergaß alles um mich herum, sobald ich den Bogen strich. Wenn ich spielte, zumindest, wenn ich gute Musik spielte, war ich bei mir selbst, war ich weit fort von der Realität, die mich umgab. Ich war allein mit der Musik, mit meinem Cello, das mich in eine andere, reine Welt trug. Die Musik lässt sich nicht beschmutzen, niemals. Die Musik kann nichts für die Gräuel und Schrecken, die Menschen angetan werden.

Willy Rosen sang »Pfui schäm dich«, »Erst trinken wir noch eins«, »Wenn das Wörtchen wenn nicht wär«. Beim Schlager »Es geht mir täglich besser« dröhnte seine Stimme durch den Saal: »Man braucht keinen Arzt, man redet im Überzeugungston: Es geht mir in jeder Hinsicht immer besser und besser und besser!«

Die Launen des Ordnungsdienstleiters waren nicht vorhersehbar, seine Zusage, die Künstler vom Transport zu befreien, nicht ernst zu nehmen. Willy war gefährdet, auf Transport gehen zu müssen, er sang um sein Leben. »Es geht mir in jeder Hinsicht immer besser und besser und besser!«, immer und immer wieder sang er diesen Refrain. Er hatte es geschafft. Er hatte sich seine Rückstellung vom Transport ersungen.

Ich versuchte, mir im Kabarett-Ensemble einen festen Platz zu erspielen, was als Cellist nicht leicht war. Ich erfand neue Spielarten, die zur Schlagermusik passten. Ich spielte im Flageolett-Pizzicato oder Pizzicato mit beiden Händen gleichzeitig, also Pizzicato einer Saite im Wirbelkasten mit linker Hand, Pizzicato einer leeren Saite vor oder hinter dem Steg mit rechter Hand. Ich strich drei Saiten gleichzeitig an, oder nur von unten her, ich spielte am Steg oder nur am Griffbrett, ich strich mit der Bogenstange oder mit Bogenhaaren und Bogenstange gleichzeitig oder mit Druck auf dem Saitenhalter, das klang wie ein Nebelhorn und erzeugte bei manchem Lied einen besonderen Effekt. Ich ließ mir alle möglichen Spielarten einfallen, um das Instrument »schlagertauglich« zu machen, schließlich klopfte und trommelte ich auch mit den Finger der linken Hand auf die Zarge oder auf die Cellodecke oder ich schlug mit der flachen Hand Rhythmen auf den Korpus. Manchmal klopfte ich auch mit einem Schlägel auf den Saitenhaltern, das klang dann wie eine Bongo.

    Ich konnte den Leiter des Kabaretts und auch den Dirigenten mit meinem verrückten Spiel überzeugen.

Sie waren begeistert und nahmen mich in das Kabarettorchester auf. Ich *wollte* leben, ich *musste* leben, für Leah, für Alma. Ich musste uns vor einer Deportation schützen. Wir wussten nicht, was sich in Polen abspielte, man sprach nur von Arbeitseinsätzen. Doch allen war klar, dass es dort um vieles schrecklicher zuging als in Westerbork. Wir lebten in einer Gespensterstadt, aber wir lebten. Es gab Kinderspielplätze und kulturelle Veranstaltungen, es gab zu essen, ein Bett und medizinische Versorgung. Wir lebten in einer grotesken Scheinwelt. Jeden Dienstag wurde uns das vor Augen geführt. Unsere Bedrohung waren die Transporte, die jeden Dienstag abfuhren. Jeder versuchte, ihnen zu entgehen, durch besondere Posten, durch diverse Bonuslisten, auf die man sich setzen ließ, immer in der Hoffnung, einer Deportation zu entkommen.

Ich machte Musik für Leah und mich. Ich spielte Cello, ich begleitete Tingel-Tangel-Schnulzen in unserem inzwischen berühmten Kabarett, für das hohe Funktionäre des NS-Staates anreisten, um sich zu vergnügen. Noch wütete Hitler in Europa, noch war er nicht zu Fall gebracht worden, aber ich war mir sicher, es wäre nur eine Frage der Zeit, bis er besiegt war und man uns befreite. Bis dahin hoffte ich, in Westerbork bleiben zu können, bis dahin wollte ich Lagermusiker sein.

Alles, was mein Spielen behinderte, machte mir Angst. Oft hatte ich während des Konzerts starke Blähungen von dem vielen Kohl, den wir zu essen bekamen. Auch der schwarze Lagerstaub, eine Mischung aus Sand und

Kohlepartikeln, machte mir ständig zu schaffen. Er schwärzte meine Fingernägel und legte sich als schmierige Masse auf die Fingerkuppen. Ich konnte nicht mit Trauerrändern unter den Nägeln und fettigen Fingern auf die Bühne gehen. Zum Glück besaß ich eine Nagelbürste, mit der ich mir vor jedem Auftritt Hände und Nägel gründlich reinigte. Schlimmer noch waren die Staubklumpen in Nase und Augenwinkeln, ich musste sie entfernen, um ein Niesen zu verhindern oder zu vermeiden, dass die Augen tränten und ich meine Noten nicht mehr erkennen konnte. Jeder Fehler, den ich machte, bedeutete Gefahr. Jeder Schnupfen, jedes Kranksein bedrohte mein Leben.

Die Launen des Kommandanten forderten uns. Plötzlich wünschte er ein Programm mit jüdischer Musik. Wir spielten wieder Mendelssohn-Bartholdy, Ernest Bloch, danach sang der Männerchor jüdische Volkslieder. Das ganze Konzert war ein Gemisch aus Lärm und Gegröle, in dem alles Musikalische erstarb. Nach der Pause folgte ein Potpourri aus leichter Muse. Wir spielten aus »Gräfin Mariza« von Kalman sowie Lieder von Paul Abraham. Auf Anordnung des Obersturmführers spielten wir »Bei mir bist du schön«. Ich zupfte mein Cello, zupfte und zupfte, ohne zu denken, »I could say bella, bella, even say wunderbar«, während die Revuegirls ihre nackten Beine in die Höhe warfen …

Kurt Gerron trat auf und sang: »Und der Haifisch, der hat Zähne, und die trägt er im Gesicht … drauf man keine Untat liest … Dem man nichts beweisen kann … Der von allem nichts gewusst …«

Der Kommandant und die Lagerleitung applaudierten begeistert. Max Ehrlich, der Leiter des Kabaretts, suhlte sich in seinem Erfolg. Er riss ein paar seiner schwer erträglichen Späße, mit denen er die SS-Leute garantiert zum Lachen brachte. Ehrlich war der Oberhofnarr. Er glänzte in all seiner künstlerischen Egozentrik. Als wir unter uns Musikern waren, sagte er: »Dass wir das unter diesen ungünstigen Umständen zustande gebracht haben!«

Hinter dem Stacheldraht standen die Lupinen in voller Blüte. Ein ganzes Meer von blauen Kerzen tat sich vor meinen Augen auf. Aus ihnen ragten die Türme hervor, auf denen die Wachen mit ihren Karabinern standen. Leah kehrte mit einem großen Strauß Lupinen im Arm von der Arbeit in das Lager zurück. In unserem Zimmer stellte sie die Blumen in eine alte Konservenbüchse ans Fenster. Die Lupinen verströmten den milden Duft des Sommers. Leah drehte sich zu mir um, mit einem brüchigen Lächeln auf den Lippen. Sie umarmte mich und bebte am ganzen Körper. »Ich bin froh, dass Alma nicht bei uns ist, Aaron. Es sterben hier so viele Kinder.«

Dann versagte ihr die Stimme, und ihr Kehlkopf bewegte sich lautlos auf und ab.

Ich ging mit Leah in die Heide, dorthin, wo der Aushub eines Kanals eine kleine Dünenlandschaft hatte entstehen lassen. Wir legten uns mit dem Rücken zum Stacheldraht in den Sand und schauten in die Weite der Landschaft und des Himmels, der sich in der Abenddämmerung feurig rot färbte. Vor der untergehenden Sonne flogen Möwen umher, deren Silhouetten vor dem roten Ball schwebten. Wir dachten nicht mehr an die Wachposten, die mit Ferngläsern und Waffen hinter uns patrouillierten, nicht an die Türme, von denen sie auf uns hinunterblickten. Wir folgten dem Spiel der Möwen, die sich vor der Abendsonne hin und her schwangen. Vielleicht waren sie auf dem Weg nach Hamburg. Niemand würde ihnen dort etwas antun. Wir stellten uns vor, Möwen zu sein und davonfliegen zu können.

Im Lager herrschte die Fliegenplage. Zu Tausenden brummten sie in schwarzen Schwärmen durch die Baracken. Sie klebten an unseren Bechern, krabbelten in unserem Essen, sie surrten über unseren Betten und flogen uns in Augen, Mund und Nase. Wir schliefen nun nur noch mit Taschentüchern über dem Gesicht.

Die Lagerleitung forderte uns auf, 50 Fliegen pro Tag zu töten und sie in Papier gewickelt bei der Quarantänestation abzugeben. Es war mit den Fliegen wie mit den Menschen, die auf Transport gingen. Es kamen immer neue nach. Etwa 1000 Juden stiegen jede Woche in die Deportationszüge. Das machte 143 pro Tag. Immer wieder kamen neue Menschen, zunächst nur jüngere kräftige Leute, dann arme elende Menschen, schließlich auch alte und schwerkranke Juden, Sinti, Roma. Das Leid wurde immer größer und bedrückender, wir lebten in einer Tragödie, an die wir uns in einer schaurigen Weise gewöhnten. Das Wichtigste war, nicht nach Polen geschickt zu werden. 50 Fliegen pro Tag hatten wir zu töten. 1000 Lagerinsassen wählte Kurt Schlesinger pro Woche aus, die auf Transport gehen mussten.

VIER

Leah packte unsere Sachen wie in Trance zusammen. Sie konnte weder die Kraft für Gefühle noch irgendeinen Widerstand aufbringen.

Ich hatte die ganze Nacht wach gelegen. Ein lauter scharfer Ton gellte in meinen Ohren. Die Angst, gefoltert und misshandelt zu werden, als Arbeitssklave zu enden, vor allem Leah in dieser Lage zu sehen, brachte mich fast um den Verstand. Ich hatte alles versucht, um eine Rückstellung zu bewirken. Ich war gescheitert. Warum? Ich begriff es nicht. Ich musste vor Abfahrt des Zuges einen letzten Versuch bei Schlesinger machen. Es musste mir gelingen, ihn umzustimmen.

Es war früher Morgen. Wir führten unseren Proviantbeutel, den Koffer und unsere in Laken zusammengerollten verschnürten Decken mit. Auch mein Cello durfte ich mitnehmen, was als eine besondere *Auszeichnung* galt.

Wir standen alle im »Saal des Weinens« versammelt. Ich blickte noch einmal zur Stirnseite, dorthin, wo die Bühne abends aufgebaut war. Dort hatte ich Abend für Abend gesessen und gespielt, dort hatten mein Cello und ich das Äußerste gegeben, um zu gefallen und in Westerbork bleiben zu können, in der Hoffnung, das Ende des Hitlerregimes zu erleben und von den Alliierten befreit zu werden.

Hitler wütete weiter, und mein Spiel hatte weder Leah noch mich vor dem Transport bewahrt. Niemals werde ich zum Hofnarren des Kommandanten, hörte ich Leah im Geiste sagen, während ich ihre Hand umklammerte.

Wir schritten den »Boulevard des Misères« entlang, so nannten wir die Hauptstraße des Lagers, die zum Zug führte. Trotz des Verbotes der Bleibenden, die Baracken vor Abfahrt des Zuges zu verlassen, kamen viele, um uns ein letztes Mal die Hände zu reichen und zum Abschied zuzuwinken. Der Ordnungsdienst drängte sich immer wieder dazwischen und stieß die Menschen, die am Straßenrand standen, zurück. Sie ließen sich nicht vertreiben, immer wieder versuchten sie, in die Nähe ihrer Freunde, Verwandten und Kinder zu gelangen, um sie ein letztes Mal zu berühren.

Auch meine Musikerkollegen winkten. Letztlich war jeder froh, nicht selbst auf Transport gehen zu müssen und noch einmal davongekommen zu sein, zumindest für diese Woche. Hatte mich jemand von ihnen denunziert? Mein Kopf stand nicht still. Warum wurden Leah und ich aus dem Lager verbannt? Ich war nicht nur Musiker, ich hatte auch den Status eines »Lagerveteranen«, der von Beginn an im Lager gelebt hatte.

Ich vermutete eine Intrige des zweiten Cellisten. Er war Holländer. Die Holländer hassten uns deutsche Juden. Sie nannten uns »Scheißdeutsche« oder »Scheißpreußen«, weil wir als die Alteingesessenen die privilegierten Positionen im Lager bekleideten, weil Schlesinger immer zuerst die Holländer auf die Liste setzte, weil die deutschen Juden im Ordnungsdienst arbeiteten, von denen Mechanicus, ein Journalist, sagte, sie seien »germanischer als die SS«. »Rette sich, wer kann«, hieß die Devise, bei der mancher Mensch in seiner Todesangst zum Teufel wurde.

Ich hatte mich immer bemüht, anständig zu bleiben, doch auch ich hatte versucht, mich zu retten und meine Stellung im Orchester zu verteidigen. Ich ließ keine Konkurrenten zu. Ich hatte Jesse Jonker an die Wand gespielt und ihm unmissverständlich deutlich gemacht, dass ich der bessere Cellist war, was auch stimmte. Ich hatte Glück, dass er kein Musiker des berühmten Amsterdamer Concertgebouw-Orchesters war wie zwei unserer Geiger, die brillant spielten.

Alle Auseinandersetzungen zwischen den holländischen und den deutschen Juden trugen nur dazu bei, den Kommandanten zu belustigen. Wir zerfleischten uns gegenseitig zu Gemmekers Vergnügen.

Ich konnte nicht mehr herausfinden, ob mich jemand denunziert hatte, oder wodurch ich selbst meine Position gefährdet haben könnte. Vielleicht war es nur eine Laune Schlesingers, uns auf die Liste zu setzen, oder es lag an der Flucht der zwei Männer, die in der Woche zuvor getürmt waren. 50 andere Menschen gingen für sie zusätzlich auf Transport. Vielleicht gehörten Leah und ich zu dieser Abschreckungsmaßnahme, vielleicht gab es auch gerade einen Engpass an Menschenmaterial, sodass wir die geforderte Quote für die Deportationen auffüllen mussten. Vielleicht hatte mir Schlesinger irgendeine kleine Geste oder Bemerkung übelgenommen. Ich wusste es nicht. Ich wusste nur, dass er seine Führungsposition stets ausgenutzt hatte, um seine deutsch-jüdischen Häftlingsmitarbeiter und die, die er bevorzugte, vor der Deportation zu schützen. Ich gehörte zu seinen Lieblingen.

Schlesinger war bestechlich. Für Geld, Wertsachen und sexuelle Gefälligkeiten schützte er manchen vor der Deportation oder ermöglichte ihm bessere Deportationsziele wie Theresienstadt statt Auschwitz. Ich hatte kein Geld mehr, unsere Goldmünzen waren verbraucht. Und Leah war nicht zu haben. Eher wären wir gestorben.

Verhalten winkte ich den Musikern zu. Warum traf es Leah und mich? Warum stellte ich mir immer wieder diese unsinnige Frage? Es hatte überhaupt keinen Sinn, darüber nachzugrübeln. Ich hatte schon viele Menschen, die sich in Westerbork sicher gefühlt hatten, ohne Vorwarnung auf Transport gehen sehen. Jeden Montag, nachdem die Listen verlesen waren, entbrannte der Kampf: Jeder gegen jeden. Jeder versuchte, sich und die ihm Nahestehenden vor dem Transport zu schützen und aus der Liste herauszureklamieren. Allen war es klar, dass für jeden, dem es gelang, ein anderer bestimmt wurde. Auch mir war es klar, und es hinderte mich dennoch nicht zu kämpfen.

Der Zug stand bereits abfahrbereit. Es war der Viehwagenzug, in den der Ordnungsdienst uns pferchte, der Viehwagen mit dem Koteimer und der Wassertonne, es war der Zug, der Auschwitz bedeutete. Ich fragte mich immer wieder, warum ich nicht wie andere Musiker nach Theresienstadt kam, warum ich nicht einmal dieses »Privileg« erhielt, mit Leah in einem Dritte-Klasse-Abteil zu sitzen und in das Vorzugslager Theresienstadt fahren zu dürfen, warum ich Leah nicht einmal vor Auschwitz hatte bewahren können.

Schlesinger stand in seiner Reithose, mit Stiefeln, Ledermantel und Offiziersmütze am Bahnsteig, um den Transport zu beaufsichtigen. Ich versuchte ein letztes Mal, ihn anzusprechen, wenigstens zu erreichen, nach Theresienstadt statt nach Auschwitz deportiert zu werden, aber der Ordnungsdienst schirmte ihn ab. Ich hatte einen letzten kurzen Blickkontakt mit ihm. Seine Augen blieben unbeweglich, nur sein Hitlerbärtchen zuckte unter seiner Nase. Glaubte er, er könnte sich durch das schwarze Rechteck über den Lippen zusätzlich schützen? Eines Tages würde es auch ihn treffen.

Die Gedanken schwirrten in meinem Kopf herum. Es war sinnlos, sich das Hirn zu zermartern. Die einzige Logik, die hinter allem stand, war der Wille der deutschen Regierung, uns zu vernichten. Man spielte mit uns Katz und Maus. Sie hetzten uns von einer Ecke in die andere und vergnügten sich an unserer Angst. Sie ließen Schlesinger, einen Juden, die Deportationslisten zusammenstellen, Schlesinger, der einen Hitlerbart trug. »Hofnarren«, höre ich Leah rufen.

Die Männer vom Ordnungsdienst schoben unsere Leiber im Waggon so eng zusammen, dass wir kaum noch atmen konnten. Ein Mann beschwerte sich über mein Cello, das zu viel Platz wegnahm. Ich stellte das Instrument an die Wagenwand. Leah und ich hockten uns davor auf den nackten Holzboden, lehnten uns an den Kasten, der das Cello schützte. Ich wäre gern mit Leah in den Instrumentenkoffer gekrochen, um uns vor dem zu bewahren, was uns bevorstand. Aber diesen Schutz gab es weder für uns noch für die anderen Menschen.

Einer der Ordnungshüter zog die Waggontür zu. Sie fiel krachend ins Schloss. Die Pfeife schrillte. Jeden Dienstag hörte ich die Pfeife im Lager, jeden Dienstag ließ sie mich frösteln. Jetzt galt der Pfiff uns. Ich hielt Leah im Arm. Wenn wir nur nicht getrennt werden, wenn wir nur zusammenbleiben dürfen … Ich schmiegte mich an Leah.

Ich fühlte mich vollkommen machtlos. Mir kam alles wie ein böser Spuk vor. Ich konnte nicht glauben, dass es unser Elend war, Juden zu sein. Wir waren doch Menschen wie jeder andere auch.

Neben mir sprach ein alter Mann seine Gebete. »Lieber Gott, hilf uns, hilf uns, Allmächtiger«, murmelte er. Er fand darin Trost.

Der Zug ratterte unaufhaltsam voran. Ich holte ein leeres Notenblatt aus meiner Jackentasche und notierte im Licht eines Spalts, der zwischen den Waggonplanken aufklaffte, eine kleine Melodie, die in meinem Kopf entstand.

Darunter schrieb ich:

Liebe Alma! Falls wir dich nicht wiedersehen, möchten wir dir sagen: Wir haben dich über alles geliebt und alles versucht, dich eines Tages in unsere Arme zu schließen.
Deine Eltern

Ich schob den Zettel durch den kleinen Spalt. Er wurde vom Fahrtwind in die Luft gewirbelt. Vielleicht flog er nach Hamburg. Ich blieb mit Mund und Nase dicht an der Ritze und schnappte nach Luft.

FÜNF

Wie viele Tage und Nächte waren wir unterwegs? Ich weiß es nicht mehr. Wir dämmerten, mit 80 Menschen in einen Viehwagen gesperrt, vor uns hin, im Gestank unsere Exkremente und Ausdünstungen, halb verdurstet, verschmutzt und ohne Luft zum Atmen warteten wir, bis der Zug endlich hielt und diejenigen, die noch lebten, aussteigen konnten.

Ein Aufstöhnen ging durch den Wagen, als der Zug sein Ziel erreicht hatte.

Von draußen drang Hundegebell und heiseres Männergeschrei an unsere Ohren. Wir hockten erstarrt vor Angst im Waggon. Plötzlich ein metallisches Poltern. Die Waggontür wurde aufgerissen. Ein Gruppe von kahlgeschorenen Häftlingen in gestreifter Gefangenenkluft stand vor den Wagen. Sie sahen sauber und gut genährt aus. Einige lachten sogar. Vielleicht würde alles gut gehen, vielleicht war alles nicht so schlimm, wie man es gehört hatte, versuchte ich mir einzureden. Ich wusste in jenem Moment noch nicht, dass es sich bei jener Häftlingsgruppe, die uns und unser Gepäck in Empfang nahm, um eine bevorzugte Elitemannschaft handelte.

Die Männer forderten uns auf, auszusteigen und

unser Gepäck stehen zu lassen. Ich trennte mich weder von Leah noch von meinem Cello. Ich hielt Leah fest an der Hand. Mein Cello hatte ich auf meinen Rücken geschnallt, auch wenn dies offensichtlich verboten war.

Die Alten und Kranken sowie Mütter mit Kindern wurden aufgefordert, die bereitstehenden Lastautos zu besteigen, die direkt in die Gaskammer führten, aber das wussten wir zu diesem Zeitpunkt noch nicht.

Die Männer und Frauen, die zurückblieben, wurden getrennt. Ein Ordner versuchte, mir Leah zu entreißen. Ich hielt sie krampfhaft fest, woraufhin ein Knüppel uns auseinander schlug. Leah musste sich in der Frauenkolonne, ich bei den Männern einreihen. »Ich liebe dich«, schrie ich. Wir weinten. Ein letzter Blick, dann verlor ich sie aus den Augen.

Kommandos rissen mich aus meiner Angst um Leah. Ich stand in der Riege der Männer. Ich trug immer noch mein Cello auf dem Rücken, niemand hatte es mir abgenommen, ich weiß nicht, wieso, vielleicht war es purer Zufall. Ich ging mit meiner Kolonne auf den SS-Mann zu. Elegant und gepflegt stand der große schlanke Mann in seiner Uniform vor uns.

Ich beobachtete, wie er die Männer vor mir entweder nach links oder nach rechts schickte. Er machte nur eine kleine dezente Bewegung mit dem Zeigefinger. Niemand von uns ahnte, welche Bedeutung sie hatte.

Als ich an die Reihe kam, zögerte er. Zunächst warf er einen Blick auf mein Cello, dann musterte er mich. Mit einem leichten Kopfnicken befahl er einem Häftling, mir mein Instrument abzunehmen. Ich weiß nicht, woher ich den Mut nahm, als ich rief:

»Ich bin Cellist. Ich habe in Westerbork im Orchester gespielt!«

Der Häftling entriss mir das Cello. Der SS-Mann schwieg. Dann zeigte er mit seinem Finger nach rechts.

Eine Gruppe von Wachmännern schrie und trieb uns in eine Desinfektionsbaracke hinein. Innerhalb von zwei Minuten mussten wir uns nackt ausziehen. Wer nicht schnell genug war, erhielt Peitschenhiebe. Man trieb uns unter die Duschen. Dann schoren uns Häftlinge die Haare, nicht nur am Schädel. Ich stand zitternd im Raum. Nicht Leah!, schrie es in meinem Kopf. Weiter ging es zur Tätowierung der Nummer, die mir meinen Namen raubte und mich zu einem nackten Niemand machte.

Am Abend stach aus der Dunkelheit eine viele Meter hohe Flamme gen Himmel, die sich in einer großen Rauchwolke auflöste. Ich fragte einen Häftling, der schon länger im Lager war, was das zu bedeuten hätte. Es überstieg meine Vorstellungskraft. Und dennoch war alles wahr. Alle Menschen auf den Lastwagen, und alle Menschen, die nach links geschickt worden waren, waren direkt ins Krematoriumsgebäude gebracht worden.

Ich lag in einer großen überfüllten Baracke mit dreistöckigen Pritschen, die eng an eng standen. Ich lag im dritten Stock auf einem schmalen Holzbrett zusammengedrängt mit neun anderen Männern und zwei Zudecken für uns alle. Ich war vollkommen erschöpft, aber die Angst ließ mich nicht schlafen. Wo war Leah? Was geschah mit ihr? Lebte sie noch?

Am frühen Morgen schrie ein Soldat mich aus der Menge der Männer heraus. Ich kletterte von der Pritsche herunter und glaubte, jetzt getötet zu werden. Der Soldat stieß mich über das Lagergelände. Ich sah die endlose Strecke mehrfacher Stacheldrahtumzäunungen, die hölzernen Wachtürme, die vielen Scheinwerfer, die an Türmen und Pfosten montiert waren, die Wachmänner mit ihren Maschinengewehren, die langen Straßen, die sich durch das gigantische, mit unzähligen Baracken bebaute Gelände zogen, sah die in Fetzen gekleideten abgemagerten Menschengestalten, die in Kolonnen über die Lagerstraßen zogen, begleitet von Kommandopfiffen, heiserem Geschrei der Wachen und Gebell der Hunde.

Er führte mich in eine Baracke. Sobald ich eingetreten war, herrschte eine weniger aggressive Atmosphäre. Ich durchquerte einen Vorraum, in dem eine große Anzahl von Musikinstrumenten gelagert war. Trommeln, Trompeten, Saxophone, Flöten, Geigen, eine Tuba. Es gab also auch hier ein Orchester. Ein Cello sah ich nicht. Ich witterte sofort meine Chance.

Ein Mann, den ich für den Dirigenten hielt, bat mich in den benachbarten Raum. Er war mit klobigen Notenpulten aus grobem Holz bestückt. In der Mitte des Raums, direkt vor den Pulten, stand mein Cellokasten. Mein Herz klopfte mir bis zum Hals.

»Wenn sie passabel spielen, nehme ich Sie ins Orchester auf«, sagte der Mann. »Sie können sich denken, was das für Sie bedeutet. Also spielen Sie, spielen Sie!«

Ich verstand. Taumelnd ging ich auf mein Cello zu. Ich öffnete den Koffer, hob das Instrument heraus, ergriff den Bogen, setzte mich auf den bereit stehenden Hocker, rückte ihn mir zurecht und stimmte.

Ich schloss die Augen, hörte das Pochen in meiner Brust so laut, als würde mein Herz zerspringen. Leben oder Tod, es ging um Leben oder Tod. Feuchte Hände, Kribbeln im Daumen, der Bogen zitterte. Ich atmete durch, setzte den Bogen an und begann den »Valse sentimentale« zu spielen, ich spielte ihn für Leah und Alma, ich hielt die Augen geschlossen und spielte nur für sie.

Noch am gleichen Tag durfte ich in die Musikerbaracke übersiedeln. Ich erhielt eigenes Bettzeug und eine eigene Pritsche. Der Blockführer führte mich in die Kleiderkammer, wo mir eine saubere gestreifte Häftlingskluft aus grobem Stoff, auf den ein rot-gelber Judenstern genäht war, ausgehändigt wurde.

Am Abend fragte ich einen der Geiger, wo ich etwas über meine Frau erfahren könne. Ich wüsste nicht einmal, ob sie noch lebte.

»Was hast du zu bieten?«, fragte er.

Ich gab ihm von meinem Brot. Das bedeutete, nichts für das Frühstück am nächsten Morgen zu haben.

Schon am nächsten Tag musste ich mein erstes Arbeitskommando begleiten. Alle Musiker stellten sich in Fünferreihen auf. An der Spitze marschierte der Kapo, den

Dirigierstab in der Hand. Die erste Reihe bildeten die Trompeter, es folgten die Akkordeonisten, Klarinettisten, Saxophonisten, die große Trommel und die Tschinellen, die Tuba, dann die Violinisten, dahinter stand ich mit meinem Cello. Alle Streicher hielten ihre geschlossenen Instrumentenkoffer im Arm, weil wir im Gehen nicht spielen konnten. Den Abschluss bildete unser Helikon-Tuba-Spieler, der gleichzeitig unser offizieller Kapellmeister war. Der Kapo rief das Stück, das wir zu spielen hatten.

»Vorwärts, Marsch«, ertönte seine Stimme.

Wir stehen Mann für Mann
stark wie die deutschen Eichen
die niemand brechen kann
...
Und jeder wünscht im Stillen
sich so ein'n Hitlermann.

Unter Gepauke der Trommler und Geschmetter der Bläser marschierten wir in Richtung des Lagertors. Wir stampften durch den gelben Lehm, der sich in der regenreichen Nacht in Schlamm verwandelt hatte. Nach einigen Minuten erreichten wir die Bühne. Wir betraten das Podium. Die Marschmusik erstarb, während wir auf unsere Plätze hasteten. Wir Streicher nahmen unsere Instrumente aus den Futteralen und stimmten.

Die Kapos der verschiedenen Blöcke stellten ihre Arbeitskolonnen zum Aufmarsch auf. Viele Häftlinge trugen keine Schuhe, sie hatten ihre Füße nur notdürftig mit Lappen oder Zeitungspapier umwickelt.

Das Tor, das durch den quadratischen Turm des steinernen Torhauses führte, öffnete sich.

»Musik!«, schrie ein SS-Mann.

Wir intonierten »Alte Kameraden«.

… Ruhm und Ehr … Schlag auf Schlag … Lachen scherzen, lachen scherzen, heute ist ja heut … das Scheiden unser Los … Darum nehmt das Glas zur Hand und wir rufen »Prost« …

Fröhlich zackig erschallte die Musik. Umtscha umtscha umtscha tralalalala. Jetzt, in diesem Moment dröhnt das Geschrammel in meinen Ohren. Alle Märsche, die wir spielten, mussten schwungvoll und frisch klingen nach der Devise »Arbeit macht frei«. Die Blasinstrumente tröteten, die Tschinellen klirrten. Die Streicher konnten die falschen Töne nicht auffangen, die die Bläser herausposaunten.

Als das letzte Kommando ausmarschiert war, kehrten wir zurück zu unserem Block und stellten unsere Instrumente ab.

Wir kamen alle aus verschiedenen Ländern. Wir setzten uns im Sprachgebrauch der damaligen Zeit aus deutschjüdischen, französischjüdischen, belgischjüdischen, holländischjüdischen, ungarischjüdischen, griechischjüdischen, polnischjüdischen, polnischarischen und russischarischen Musikern zusammen. Die Noten waren unsere gemeinsame Sprache.

Ich gewann einen wahren und den einzigen Freund im Lager. Wir waren uns vom ersten Moment an sympathisch gewesen und hatten einige Gespräche geführt, mit denen unsere Freundschaft begann. Ludwig war ein hervorragender Musiker. Er spielte Saxophon und Klarinette, bekleidete gleichzeitig den Posten des Notenschreibers und war der Einzige unter uns, der Stücke arrangieren konnte. Er tat außerdem, was er konnte, um unter den Gefangenen gute Musiker zu finden.

»Wir müssen besser werden, sonst ist es mit uns allen vorbei«, sagte er.

Er wagte, mich als Instrumentenwart und Notenabschreiber vorzuschlagen. Durch meine musikalischen Kenntnisse und frühere Arbeit als Musikalienhändler, der sich mit allen Instrumenten auskannte, erläuterte er dem Blockältesten, wäre ich wie geschaffen für diese Aufgaben.

Auf diese Weise verschaffte er mir eine zweite Möglichkeit zu überleben. Der Blockälteste hatte unbeschränkte Macht. Er durfte Befehle erteilen, wie es ihm beliebte, und er verteilte unser Brot. Wer bei ihm in Misskredit geriet, erhielt die kleinste Portion.

Mittags oder abends erhielten wir eine ungenießbare Suppe aus Wasser und Kartoffelschalen, Brennnesseln oder anderen Kräutern. Wir hielten unsere braunen Emailleschüsseln bereit und löffelten das Gebräu nur aus, weil es warm war und wir hungerten. Abends bekamen wie ein etwa sechs Zenitmeter dickes Kastenbrot und ein Stück Wurst, das mehr Mehl als Fleisch enthielt, sowie etwas Margarine. Ein Teil des Brotes musste zum Frühstück aufbewahrt werden, um nicht nur mit Tee im Bauch in den Tag zu gehen. Noch kleinere Portionen bedeuteten den baldigen Tod.

Der Blockälteste war der Handlanger der SS. Er bewohnte ein eigenes Zimmer und hatte immer genug zu essen.

Unser aller Leben hing von ihm und unserer musikalischen Qualität und Flexibilität ab. Je nach Wunsch des Kommandanten oder seiner Assistenten mussten wir ständig neue Orchesterstücke vorbereiten und dem jeweiligen Stand der Instrumente und Musiker, die wir zur Verfügung hatten, anpassen und setzen. Während Ludwig und ich uns ans Notenschreiben machten, mussten die anderen Musiker zur Zwangsarbeit gehen wie der Rest des Lagers. Sie waren die Einzigen, die ohne Musikbegleitung zum Tor hinaus gingen. Jeden Tag rückten sie später aus und kamen früher zurück, um für die zurückkehrenden Arbeitskolonnen zu spielen.

Viele Häftlinge hassten uns. Es war ihnen unerträglich, lustige deutsche Marschlieder zu hören, insbesondere am Abend, wenn sie zu Tode erschöpft zurückkehrten. Alle wussten ja, dass sie sterben mussten. Wer nicht krank und erschossen, zu Tode geprügelt oder vergast wurde, starb an Hunger oder Erschöpfung. Es dauerte meist nur zwei bis drei Monate, bis ein Häftling, der schwer arbeitete, der nicht in der Lage war, sich Extrarationen zu beschaffen oder keine Schuhe hatte, starb.

Die Musik, die wir im Lager spielten, half den zuhörenden Häftlingen nicht. Ich habe niemals einen Zwangsarbeiter getroffen, dem unsere Musik Mut gemacht oder zum Überleben ermuntert hätte, sie half nur uns Musikern, und auch nicht allen. Wenn ich Ludwig nicht gehabt hätte, hätte ich nicht überlebt. Er war in meinem Alter, ein junger Mann, aber er war mutiger und kräftiger als ich. Er nutzte jede Möglichkeit, erspürte jede kleinste Lücke im Vernichtungssystem der Nazis, um sein und auch mein Leben zu verlängern und schließlich zu retten.

SECHS

Unsere Musikbaracke lag neben einem der Frauenlager. Zunächst sah ich nur kleine, gekrümmte in Lumpen gekleidete und abgemagerte Gestalten, die hinter dem Hochspannungsstacheldraht standen, die den gesamten Lagerkomplex umgaben und die einzelnen Lagerteile voneinander trennten. Sie standen am Zaun und streckten die Hand nach Brot aus. Ich erkannte erst auf den zweiten Blick, dass es Frauen mit kahlen Köpfen waren.

Leahs Haare waren ihr weit über die Schultern gefallen, sie hatte immer einen Mittelscheitel getragen, und wenn sie ihr Haar offen trug, klemmte sie beide Seitensträhnen hinter ihre Ohren.

Ich habe niemals mein Brot aufgegessen, ohne den Frauen etwas abzugeben. Auch nachdem ich erfuhr, dass Leah in den Draht gegangen war ... Sie hatte mir auf dem Rand eines Fetzen Zeitungspapier eine Nachricht hinterlassen, die mir der Geiger brachte.

Ich kann nicht mehr. Sorg für Alma, wenn du überlebst.
Ich liebe Dich.
Immer Deine Leah

Gibt es eine schlimmere Situation von allen denkbaren, als den Menschen zu verlieren, den man am meisten geliebt hat? Ja, wenn man den geliebten Menschen verkohlt und versengt vor Augen hat als schwarze Silhouette im Draht.

Viele Tage rang ich damit, Leah zu folgen. Es war ganz einfach. Viele von uns gingen in den Draht, auch von uns Musikern. Die Menschen flüchteten in den Tod. Jeder wusste, welcher Rauch aus den Schornsteinen aufstieg. Hier wartete man nicht mehr auf *Transport*, sondern auf *Selektion* und die Gaskammer. Wer den Druck und die Folter nicht aushielt, machte seinem Leben selbst ein Ende, wählte selbst den Zeitpunkt, um dem Leiden zu entfliehen. Ein Stromschlag, und es war aus. Der Draht war erreichbar für alle, der Draht war eine immerwährende Möglichkeit, sein Leben zu beenden.

In mir war alles zerbrochen. Ich wusste nicht, ob ich noch die Willenskraft aufbringen konnte, weiterzuleben. Ich bekam Fieberanfälle, die mich niederstreckten. Ich lag in der Baracke. Mir war klar, es wäre mein Tod, wenn ich nicht wieder aufstand. Sorge für Alma, sorge für Alma, hämmerte es in meinem Kopf. Ich musste am Leben bleiben, ich musste diesen Wahnsinn überleben. Heute weiß ich: Leah und Alma waren bei mir und in mir, und sie standen mir bei.

Ich raffte mich auf, mein Cello als Schutzschild umarmend. Noch viele Tage war mein Platz im Orchester und damit mein Leben gefährdet, weil ich hundsmiserabel spielte.

»Wenn das so weiter geht, fliegst du raus, du gefährdest das gesamte Orchester!«, schrie der Dirigent. Es gab kein Erbarmen für Menschen, die durch ihr Verhalten andere gefährdeten.

Die Fluktuation unter uns war groß. Immer wieder verloren wir Musiker, die aus dem Orchester ausgeschlossen wurden, an Krankheit und Erschöpfung starben oder nach dem Arbeitskommando in den Draht gegangen waren.

Vor Beginn einer Probe stand der Dirigent vor uns und schrie mit hochrotem Kopf:

»Wenn ihr Hurensöhne nicht aufhört, in den Draht zu springen, dann werde ich euch alle von den Hunden zerfleischen lassen.«

Auch bei mir gab es immer wieder Momente, in denen ich mir wünschte, tot zu sein, um nicht mehr Zeuge der Grausamkeiten der SS zu werden, um die Leichen, die im Draht hingen, nicht mehr sehen zu müssen.

Wir besaßen die letzte menschliche Freiheit zu entscheiden, ob wir diese Hölle erdulden wollten oder nicht. Leah hatte sich gegen das Leiden entschieden. Sie ließ sich nicht zum Spielball der Peiniger machen. Es kam eine Zeit, wo mich Leahs Tod nicht mehr bedrückte, wo ich ihre Entscheidung akzeptierte und mich Erleichterung beschlich, dass sie der Hölle entkommen war.

Ein unvorhergesehenes Ereignis gab mir neuen Mut. Im Frauenorchester fehlte eine Cellospielerin. Ich erhielt den Befehl, ein junges Mädchen, das Geige spielte, auf Cello umzulernen. Zwei Mal in der Woche sollte der Unterricht stattfinden. Weder sie noch ich hatten die Möglichkeit, die Stunden abzulehnen. Es wäre unser sicherer Tod gewesen. Ebenso klar war, dass sowohl ich mit meinem Unterricht als auch sie mit ihrem Spiel erfolgreich sein müsste.

Sie hieß Sonja, sie war Polin, ein junges Mädchen, das nicht besonders gut Geige spielte. Ich selbst hatte noch nie jemandem Cellounterricht erteilt, aber wie bei allen Situationen im Lager ging es darum, weiter zu leben oder ermordet zu werden. Ich wollte Sonja retten. Ich versuchte, mich an die ersten Stunden bei meiner Mutter und an Jakob Sakoms Unterricht zu erinnern. Nach einiger Zeit konnte Sonja einfache Griffe und Melodien auf dem Cello spielen. Sie spielte von nun an Cello, und ihr Leben war vorerst gesichert.

Ich bangte um Sonja, als ich erfuhr, dass mit einem der Transporte eine Cellistin nach Auschwitz gekommen war, die Sonjas Platz einnahm, aber ich sah Sonja später bei einem gemeinsamen Konzert des Frauenorchesters mit unserem Orchester. Sie durfte wieder Geige spielen.

Mein Cellospiel wurde wieder sicher. Ich verbannte das Lager aus meinem Kopf. Ich dachte nichts mehr, ich fühlte nichts mehr, sonst wäre ich verrückt geworden. Das Einzige, was ich dachte war: Alma.

Dennoch trug ich eine Todessehnsucht in mir. Immer wieder träumte ich den gleichen Traum: Ich liege in meinem Bett. Der Tod schleicht sich als schwarzer Schatten in mein Zimmer und legt sich auf mich. Er erscheint mir als Freund. Er bringt eine Kälte mit, die meinen ganzen Körper überzieht. Ich gefriere zu einem Eisblock. Ich kann mich nicht mehr bewegen. Dann legt sich der Tod um mein Herz. Plötzlich werde ich von einer inneren Glut gewärmt. Nach der Kälte kommt die Wärme, denke ich. Es ist ein schöner Moment, denke ich, ich liege in meinem Bett und darf in Ruhe sterben. Niemand quält mich, niemand tötet mich. Ich kann ohne Gewalt still weggehen, der Wärme entgegen.

SIEBEN

Die Wünsche und Anforderungen an unser Spiel wurden immer größer und beängstigender. Wir bekamen den Befehl, Konzertabende auszuarbeiten, und erhielten die Erlaubnis, zwei lange Nachmittagsproben abzuhalten, an denen die Zwangsarbeiter unter uns nicht zum Frondienst mussten.

Von nun an fand jeden Sonntag ein Unterhaltungskonzert statt, das von SS-Leuten wie von Häftlingen besucht wurde. Die Konzerte dauerten etwa drei Stunden. Wir hatten eine unglaubliche Menge an Noten zu arrangieren, abzuschreiben und einzustudieren. Alle Musikbestellungen waren dringend und mussten sofort bearbeitet werden. Ich kopierte Noten. Ich schrieb und schrieb, manchmal vergaß ich, welche Musik ich eigentlich kopierte. Ich verschanzte mich in der Welt der schwarzen Notenköpfe und Zeichen, so lange ich konnte.

Während im Lager das Potpourri »Tod durch unbehandelte Krankheiten, Erfrieren, Verhungern, körperliche Erschöpfung, medizinische Experimente, Exekutionen und Vergasen« gespielt wurde, stellten wir musikalischen Mischmasch zusammen, darunter auch Reeperbahnlieder und Paul-Lincke-Melodien.

Dazu kamen kleine Konzerte mit weniger Musikern, die in den Kasernen der SS stattfanden. Die Kapos und

Lagerführer riefen uns auf ihre Stuben. Wir spielten immer unter dem Druck, getötet zu werden, wenn unser Spiel nicht gefiel.

Wenn wir gut spielten, erhielten wir Delikatessen und Zigaretten. Wir mussten einen Teil dem Kapellmeister und dem Blockführer abgeben, aber es blieb auch etwas für uns Musiker übrig.

Da ich der einzige Cellist war, rief man mich oft. Ich spielte an Geburtstagen und auf anderen Familienfesten. Ich hatte keine Gewissensbisse. Ich ertrug die Schnaps- und Bierlaunen der Feiernden, das »Heil Hitler«, das sich die betrunkenen Männer bei jedem Toast zubrüllten. Wir hatten immer Hunger, auch wenn wir mehr zu essen hatten als die übrigen Häftlinge.

Wenn wir nicht probten, dachten wir ans Essen, um unsere abgemagerten Körper zu füllen. Wenn es möglich war, aßen wir, so viel wir konnten, denn wir wussten nie, wann der Hunger uns wieder quälte und bedrohte.

Es gab einige Musikliebhaber innerhalb der Lagerleitung, die musikalisch gebildet waren. Wenn sie Musik hörten, vergaßen sie ihr Morden. Sie saßen mit verklärtem Blick im Publikum, als hätten sie sich in menschliche Wesen zurückverwandelt. Wenn sie nach dem Konzert mit uns sprachen, behandelten sie uns wie Gleichgestellte. Der Klang ihrer heiseren Stimmen wurde weicher, wir schienen für sie keine zu vernichtende Rasse mehr zu sein, sondern Menschen wie sie selbst.

Ich lernte, dass es Menschen gab, die Menschen in die Gaskammer führten, ich lernte, dass es Mithäftlinge gab, die sadistischer als die SS waren. Ich lernte, dass Menschen, die gebildet sind, die Musik lieben und hören, gleichzeitig unbeschreibliche Grausamkeiten begehen können. Ich lernte, dass unsere Peiniger und Mörder nicht die geringsten Gewissensbisse hatten.

Ich lernte, dass die einzige Möglichkeit, einen Menschen zu befrieden, darin besteht, ihm ein Musikinstrument zum Spielen in die Hand zu geben und ihn nie wieder mit dem Spielen aufhören zu lassen.

Wir musizierten um unser Leben, während das Grauen um uns herum immer größere Ausmaße annahm. Vom Verstand her war mir klar, dass es keinen Ausweg für uns gab und auch wir getötet werden würden. Doch solange ich atmete, hatte ich Hoffnung, solange ich Musiker war, hatte ich eine Identität innerhalb der namenlosen Menschenmassen, eine Identität, die mir half, ein Minimum an menschlicher Würde zu bewahren.

Wenn ich spielte, gab es kein Leid mehr, keinen Stacheldraht, keine abgemagerten Menschen, keine Vernichtungsmaschinerie. Ich saß in einem Orchester, vergaß alles um mich herum und versank in den Klängen der Musik.

Es gab schlimme Tage, an denen ich mich immer wieder fragte, worin der Sinn meines langsamen Sterbens lag, Tage, an denen mir bewusst wurde, was ich hier tat, und dass auch ich sterben würde und nichts meine Chance zu überleben erhöhte. Es war alles eine Frage der Zeit. Von Westerbork war ich auf Transport gegangen. In Auschwitz würde ich in die Gaskammer marschieren.

»Das ist die Berliner Luft Luft Luft«, posaunte das Orchester umgeben vom Gestank der verbrannten Leichen.

Manchmal, wenn wir auf dem Podium standen, marschierte auf der anderen Seite des Drahtes eine Kolonne Menschen in Richtung Gaskammer. Wir spielten Operettenlieder, während aus dem Lautsprecher auf dem Wachturm laut »La Paloma« oder »Heimat, deine Sterne« ertönte. Die Stücke vermischten sich zu einer grausigen Kakophonie.

… ist's um den Verstand getan, ändern kannst du nichts daran …

… einmal muss es vorbei sei … Schmerz wird vergehn … Tränen, sie sind vergebens … Hörst du mein Lied in der Ferne. Heimat … Komm mit mir zum Soupé, es ist ganz in der Näh' …

Ein paar Tage später erhielten wir neue Notenpulte. Sie gehörten den Tschechen, die vor unseren Augen ins Gas geführt worden waren.

Ich musste aufpassen, nicht krank und für das Orchester unbrauchbar zu werden.

Ich hatte mich für das Leben entschieden, wie lang es auch dauern mochte. Es war bedroht, als ein neues Ensemblemitglied zu uns kam. Der Mann war Uhrmacher und Geigenbauer, und er spielte mehrere Instrumente. Ich bangte um meinen Posten als Instrumentenwart, der mir neben dem Cellospiel mehr Sicherheit gab. Zu meiner Erleichterung reparierte er fast nur noch Uhren, weil sich seine Uhrmacherqualitäten herumgesprochen hatten. So behielt ich mein Amt.

Es kam der Morgen, an dem uns befohlen wurde, Postkarten an unsere Familie zu schreiben. Sie nicht zu schreiben, hätte den Tod bedeutet. Es war das erste Mal während meiner Lagerhaft, dass man uns eine solche *Erlaubnis* erteilte. Wie alle anderen auch schickte ich meine Karte an eine fiktive Person. Niemand wollte die Wohnorte der vielleicht noch in der Heimat lebenden Verwandten preisgeben. Allen war klar, dass dies nur ein Versuch der Lagerverwaltung war, die Aufenthaltsorte unserer Familienmitglieder herauszufinden.

Hin und wieder machten sich Gerüchte breit. Wir waren von der Außenwelt abgeschlossen und konnten nicht einschätzen, welche der Informationen zutrafen oder nicht. Es hieß, Deutschland könne den Krieg kaum noch gewinnen. Schon lange hofften wir, dass die Alliierten an Frankreichs Nordküste landeten, aber scheinbar war es nicht geschehen.

Ludwig war auf einem psychischen Tiefpunkt angelangt.

»Befreiung – was heißt das schon für uns. Man wird das gesamte Lager auflösen und uns töten, niemand von uns wir lebend hier herauskommen. Es darf keine Augenzeugen geben, verstehst du? Und wenn wir doch überleben sollten, was dann? Niemand wird uns glauben, was hier passiert ist. Die Deutschen werden davonkommen, und wir stehen als Lügner da.«

Die Front rückte immer näher. Wir interessierten uns nicht mehr für Frontnachrichten, denn wir glaubten inzwischen alle, dass wir vor einer Niederlage Deutschlands getötet würden.

Es kam die Zeit, in der die Konzerte entfielen und wir nur noch die Morgen- und die Abendmärsche zu begleiten hatten. Dann trennten Wachmänner unser Orchester in Juden und Arier. Sie schickten alle Juden zur Desinfektion und zur Entlausung. Wir mussten unsere gute Kleidung ausziehen und bekamen alte Lumpen zugeteilt. Es hieß, wir würden in ein anderes Lager transportiert. Niemand glaubte daran.

Von SS-Männern mit Maschinengewehren umringt, marschierten wir Richtung Gaskammer. Unser Ende war gekommen. Niemand wehrte sich, wir hatten keine Kraft mehr, uns dem Unausweichlichen zu widersetzen. Das Spiel war aus, die Zeit der Potpourris Vergangenheit. Mein Cello blieb allein in der Baracke. Wer weiß, vielleicht würde wenigstens das Cello überleben. Und Alma. Alma war bei Martin und Gerda. »Adieu, Alma«, flüsterte ich.

Wir schritten voran, immer weiter Richtung Gaskammer.

»Weiter, weiter!«, schrie der Wachmann.

Wir erwachten aus unserer Betäubung. Wir bogen nicht ab, wir bogen nicht Richtung Gaskammer ab. Ludwig und ich warfen uns Blicke zu. Keiner sprach ein Wort, wir schauten uns verstohlen und fragend an.

Unser Marsch führte zum Zug. Wir wurden in einen Viehwaggon gejagt. Hunde bellten, die Wachmänner schrien, es herrschte Hektik auf dem Verladegelände.

Von irgendwo her drang die Information durch, wir würden nach Bergen-Belsen gebracht.

In die Lüneburger Heide? Vor die Tore Hamburgs?

ACHT

Tagelang fuhren wir quer durch Europa. Tatsächlich kamen wir in Belsen an. Ludwig und ich überlebten die Fahrt. Am Ende unserer Kraft, halb verhungert und verdurstet schleppten wir uns zum Lagertor.

Was dann folgte, ist kaum wiederzugeben. Wir vegetierten dahin. Von Ruhr, Typhus, Läusen und Hunger geplagt, lagen die Gefangenen auf dem bloßen Boden und starben wie die Fliegen. Die Leichen blieben einfach auf dem Gelände liegen. Hier endet meine Beschreibung. Damals wurde der Anblick für uns zu etwas Alltäglichem. Heute bin ich nicht in der Lage, mir dieses Bild länger ins Gedächtnis zu rufen.

Es kamen immer mehr Menschen nach Belsen. Endlose Ströme von Häftlingen aus aufgelösten Konzentrationslagern im Osten, Abertausende, die die Todesmärsche überlebt hatten, überfluteten das Lager.

Umgeben von Toten sehnten wir den Tag der Befreiung herbei. Unsere einzige Hoffnung war, dass man schon von Weitem den Gefechtslärm hören konnte. Die Hoffnung wurde gebrochen, als die Information umging, die Deutschen hätten Lager einfach in die Luft gesprengt.

Doch es kam anders, warum auch immer, vielleicht wegen der Seuchengefahr. Himmler hatte die Übergabe des Lagers an die heranrückenden Engländer angeordnet.

Das Elend wurde immer größer. Es gab keinerlei Nahrung mehr. Schließlich brach auch die Trinkwasserversorgung zusammen.

Die SS unternahm einen letzten vergeblichen Versuch, die Leichen zu beseitigen, indem sie Häftlinge, die noch laufen konnten, zum Leichentragen abkommandierten, doch sie waren zu schwach. Als endlich britische Panzer vor dem Lager eintrafen, lagen wir inmitten Tausender von Leichen, die das Gelände übersäten.

Eine unheimliche Stille lag über dem Lager. Weder Soldatengebrüll noch Schüsse waren zu hören. Diejenigen, die sich noch bewegen konnten, krochen zum Zaun und streckten den Soldaten die Hände entgegen. Ich war zu schwach zum Laufen. Ich war todkrank, ich konnte nicht verstehen, was sich abspielte. Als ich allmählich begriff, dass unsere Befreier vor den Lagertoren standen und ich noch am Leben war, als ich mich umblickte und erkannte, dass auch andere Häftlinge noch lebten, traten mir Tränen in die Augen.

Ludwig strich mir über die Stirn und sagte: »Sie sind da, Aaron, wir sind gerettet. Jetzt wirst du wieder gesund.«

»Wasser, Wasser«, flüsterte ich.

Die Soldaten brachten Wassertanks und warfen Konservenbüchsen über den Zaun. Die Fleischbüchsen kosteten weitere Menschen das Leben, weil sie von denen, die sie ergatterten, hinuntergeschlungen und nicht vertragen wurden. Die Soldaten hatten nicht an die Folgen gedacht.

Die Panzer zogen sich vorerst zurück, um Hilfe zu holen. Viele der Überlebenden waren wie ich an Flecktyphus erkrankt. Wegen der Seuchengefahr verhinderten die Briten, dass wir das Lager verließen. Wir blieben hinter dem Stacheldraht gefangen. Hätte ich Ludwig nicht gehabt, wäre ich gestorben, denn zunächst geschah nichts. Die Hilfe, die wir erhofften, kam nicht. Wir siechten dahin und warteten. Diejenigen, die noch lebten, waren nur mehr lebende Leichen, Wesen aus einer anderen Welt, die sich auf dem Weg vom Diesseits ins Jenseits befanden. Niemand räumte die Leichen beiseite. Es dauerte noch lange, bis endlich Massengräber ausgehoben und die Toten beerdigt wurden.

Während der ersten Wochen der Befreiung waren weitere Abertausende Lagerinsassen gestorben, täglich waren es Hunderte von Toten. Es fehlte an Medikamenten und Nahrungsmitteln, und die Menschen waren durch ihre Zeit in den Konzentrationslagern so geschwächt, dass sie es nicht schafften, zu überleben.

Es war Mai, als die Soldaten das Lager zerstörten und die letzte Belsener KZ-Baracke mit Flammenwerfern in Brand steckten. Ich lag zu diesem Zeitpunkt im Typhushospital von Belsen-Camp, einem Lager, das die Engländer in einem alten deutschen Militärlager ein paar Kilometer vom Konzentrationslager entfernt eröffnet hatten. Da die Engländer die vielen Kranken nicht versorgen konnten, arbeiteten im Krankenhaus auch deutsche Ärzte. Ich schrie, als ein deutscher Arzt auf mich zukam und eine Spritze setzen wollte. Ich wusste es zu verhindern.

Ludwig wohnte inzwischen in einer der neuen Unterkünfte mit sanitären Anlagen. Als ich wieder gesund wurde und nach ich weiß nicht wie viel Zeit aus dem Hospital entlassen war, zog ich zu ihm. Wir trugen immer noch unsere Sträflingskleidung. Sie wurde später durch gebrauchte Kleidung ersetzt, die das JOINT uns zur Verfügung stellte.

Keine Kommandos ertönten. Wir waren frei. Mir war diese neue Wirklichkeit nicht bewusst, sie drang immer noch nicht zu mir durch, ich konnte sie nicht fassen. Selbst als es mir nach und nach deutlich wurde, konnte ich mich nicht freuen. Da war nichts außer Befremden, auch vor mir selbst. Meine Haare waren nachgewachsen. Sie traten als schneeweiße Stoppeln hervor. Ich war 26 Jahre alt und vollkommen ergraut. Eingerahmt von dem Grau sah im Spiegel ein erschlafftes totenbleiches Gesicht. Es war, als begegnete mir jemand anderes, jemand, den ich nicht kannte und mit dem ich nichts zu tun haben wollte. Da war dieses Etwas in meinem Blick, vor dem ich erschrak, dieses Etwas, das mir endgültig und unauslöschbar erschien. Nichts an meinem Aussehen gab mir Sicherheit. Für mich waren das Leben und das, was von mir übrig war, nicht mehr selbstverständlich.

Ich war sehr geschwächt und wusste nicht, wohin. Monatelang blieben Ludwig und ich im Camp. Es gab keinen anderen Ort, an dem wir hätten leben können. Im Lager bekamen wir etwas zu essen, hatten ein Dach über dem Kopf und wurden medizinisch versorgt.

Die Typhusepidemie war nach drei bis vier Monaten überwunden. Viele von uns erholten sich nur körperlich. Nach Wochen oder Monaten brachen Menschen plötzlich zusammen und begingen Selbstmord.

Es dauerte nicht lange, bis die Lebensmutigen in eine Heiratsmanie verfielen und Kinder zeugten. Die jungen Menschen sehnten sich nach einer neuen Familie, sie wollten leben und Freude empfinden. Es kam zu Spontanheiraten und Schwangerschaften, schließlich fuhren die ersten Kinderwagen durch das Camp. Ein Bild hat sich mir tief eingeprägt. Ich sah, wie eine Mutter ihr Kind säugte. An ihrer Brust hielt sie neues Leben, aber in ihren leblosen Augen spiegelte sich ihre schreckliche Vergangenheit.

Immer mehr Überlebende aus den Lagern und Zwangsarbeiter kamen nach Belsen, um Hilfe zu bekommen. Belsen-Camp war zum Zufluchtsort für Heimatlose geworden, die nun »Displaced Persons« hießen. Millionen von ihnen irrten durch das Land. Wir jüdischen Überlebenden bildeten nur eine kleine Gruppe unter den »Displaced Persons«. Sechs Millionen Juden waren getötet worden.

Die Lagerverwaltung hängte täglich neue Listen aus, auf denen die Namen noch lebender Verfolgter und ihr Aufenthaltsort aufgeführt wurden. Jeden Tag suchte ich nach den Namen unserer Eltern und aller Verwandten, aber sie standen auf keiner der Listen.

Auch über Alma war nichts zu erfahren. Ich hatte den Engländern meine Geschichte erzählt, aber sie brachten nichts über Martin Bernstorff und Familie in Erfahrung. Im Chaos der Nachkriegszeit waren unzählige Menschen verschwunden und nicht wieder auffindbar.

Wie die meisten Lagerbewohner sprach Ludwig ständig von Palästina. Es sei der einzige Ort, an dem Juden noch leben könnten.
»Ich will ein Leben ohne Antisemitismus, verstehst du? Komm mit nach Erez Israel, Aaron.«
»Ich kann nicht, Ludwig«, sagte ich, »ich muss Alma suchen.«

Es war Oktober. Ich beschloss, nach Hamburg zu fahren. Ich fühlte mich inzwischen kräftig genug, aber ein Engländer bat mich, noch abzuwarten, da in Hamburg Typhus ausgebrochen sei. Dann kam der harte Winter, und ich erkrankte an einer schweren Rippenfellentzündung. Wieder lag ich wochenlang im Bett. Erst im Frühjahr des Jahres 1946 kam ich wieder ein wenig zu Kräften. Ich blickte in den Spiegel und sah immer noch aus wie ein lebender Leichnam. Kreideweiß im Gesicht, die Augenhöhlen von violettschwarzen Schatten gefärbt. Das weiße Haar ließ mich noch gespenstischer aussehen. Ich war 27 Jahre alt, ich war ein Mann, der nicht nur wie ein alter Mann aussah, sondern sich auch uralt fühlte und den Tod auf dem Gesicht trug. Ich war todkrank gewesen und lebte unter den Eindrücken des Todes. Mir wurde bewusst, dass jeder Tag, den ich noch vor mir hatte, von den Ereignissen der letzten Jahre überschattet werden würde.

Im Lager wurden inzwischen Konzerte veranstaltet, klassische ebenso wie volkstümliche, es gab auch Revuen und Theaterstücke mit Musik, Tanzmusik, geistliche Musik und Gesang. Es erklangen Opernarien ebenso wie Partisanenlieder, jiddische und hebräische Weisen. Die Aufführungen fanden meist im Kinosaal, im Zelttheater, manchmal auch in den Speisesälen und im Krankenhaus des Camps statt. Zum Teil stammten die Künstler aus unserem Lager. Oft kamen aber auch Gäste aus anderen Displaced Person-Camps oder aus dem Ausland. Als Yehudi Menuhin klassische Violinliteratur für uns spielte, brach in mir ein Stück Kindheit auf. Ich war zehn Jahre alt, als der zwölfjährige Menuhin bei den Berliner Philharmonikern mit Bachs E-Dur-Konzert und den Violinkonzerten von Beethoven und Brahms debütierte. Mein Cello-Lehrer hatte mir später eine Schallplatte von ihm geschenkt mit den Worten: »Wenn man diesen jungen Geiger hört, weiß man, dass es einen Gott gibt.«

Ich hatte in Belsen nicht musiziert. Die Zeit in Auschwitz hatte meine Leidenschaft zerrüttet. Außerdem war ich zu lange krank gewesen, und ich besaß kein Instrument. Es war mir egal, ich hatte kein Bedürfnis mehr zu spielen.

Ich saß im Publikum. Wie viele Zuhörer hatte ich eine Wolldecke um meine Schultern gelegt. Etliche Besucher waren zu schwach zum Stehen. Abgemagert und kraftlos saß auch ich auf einem der Stühle und lauschte versunken den Geigenklängen des Künstlers, in denen sich Leben und Tod vereinigten.

»Die Musik ist heilig, Aaron, wenn uns etwas beschützt und stärkt, dann ist es die wahre göttliche Musik.«

Es gibt göttliche Musik, aber es gibt keinen Gott im Himmel, es gibt keinen Gott, der herunter kommt und den Menschen hilft. Und es gibt auch keinen Gott, der bestraft. Der Mensch ruft ihn um Hilfe, wenn er in Not ist, oder er ruft ihn, um seine bösen Wünsche zu rechtfertigen, um in Gottes Namen gottlos handeln zu können.

Es gibt keinen allmächtigen Gott. Der Mensch selbst trägt die Verantwortung, menschlich zu sein. Es ist die einzige Möglichkeit, Leben und Natur zu achten, Kriege und Massenmorde zu verhindern. Das waren meine Gedanken.

DRITTER TEIL

EINS

Ein Engländer nahm mich in seinem Jeep mit nach Hamburg. Wir kamen fast nur im Schritttempo voran. Überall auf den Straßen zogen Kolonnen von Flüchtlingen dahin. Nur wenn sich eine kleine Lücke auftat, gab der Fahrer Gas, aber schon wenig später musste er wieder abbremsen.

Die Menschen irrten von West nach Ost, von Ost nach West. Es waren Gefangene, die nach Deutschland verschleppt wurden und wieder nach Osteuropa zurückzogen, es waren die Überlebenden der Lager, es waren polnische Juden, die nach Deutschland kamen, weil in den Monaten nach der Befreiung in Polen grausame Verbrechen an ihnen verübt wurden, es waren Deutsche, die vor der Roten Armee flüchteten oder vertrieben worden waren, es waren geflohene Kriegsgefangene.

Sie liefen in Lumpen und trugen Kartons, gefüllte Kissenbezüge oder Bündel, die an einem Stock baumelten. Einige schleppten Koffer, die sich nicht mehr schließen ließen und nur mit einem Strick zusammengehalten wurden. Andere trugen Kinder oder alte Menschen huckepack. In einem der Kinderwagen saß ein alter Mann. Sein Kopf und seine Arme ragten aus dem winzigen Gefährt heraus, das über das Pflaster rumpelte. Jüngere stützten die Alten, die noch laufen konnten.

Es war eine Kolonne, die schweigend durch die Landschaft zog. Ich wusste, dass allen die Kraft zu sprechen fehlte, dass alle ihren Atem brauchten, um einen Fuß vor den anderen zu setzen.

Der Jeep fuhr in die Stadt hinein. Ich blickte auf die Trümmerlandschaft. Ich sah nichts als Schutthaufen und Häusergerippe. War das Hamburg? War das die Stadt, in der ich geboren worden war?

Wir erreichten den Hauptbahnhof. Elternlose Kinder lungerten auf den Bahnhofsplatz herum. Wo war Alma? Ich konnte nicht anders, als die Mädchen, die in ihrem Alter sein konnten, zu mustern, obwohl es nahezu unmöglich war, sie unter ihnen zu erkennen.

Ich verabschiedete mich, stieg aus und machte mich allein auf den Weg. Ich war immer noch schwach und abgemagert. Ich spürte, wie mein Rucksack auf meine Schultern drückte. Ich mischte mich unter die Menschen und wanderte durch die zerstörte Stadt. In meinen Holzpantinen, die noch aus dem Lager stammten und locker an meinen Füßen saßen, kam ich nur mühsam voran.

Ich schritt durch die Gitterschatten der stehengebliebenen Hauswände hindurch, die sich auf der Straße abzeichneten. Mit staubbelegter Zunge ging ich weiter, vorbei an riesigen Schutthaufen und Häusergerippen, vorbei an den grau eingestaubten Frauen, die Schutt sammelten und Handkarren hinter sich herzogen, vorbei an den Menschen, die unter Ruinen oder in halb zugeschütteten Kellerlöchern wohnten, vorbei an Mauerresten, auf die mit Kreide Namen von vermissten Familienmitgliedern gekritzelt waren, vorbei an Trümmerhalden, auf denen winzige Häuser aus Bruchsteinen aufgeschichtet worden waren, vorbei an verkohlten und abgesägten Bäumen, die schwarz verbrannt oder als Stumpf aus dem Erdboden ragten, vorbei an den Holzbrücken, denen die Geländer fehlten, weil sie im Winter verheizt worden waren.

Ich sah keine deutschen Militäruniformen mehr, ausgenommen gefärbte und zu Zivilkleidung umgenähte Jacken und Hosen, die die ehemaligen Soldaten nun trugen. Einer von ihnen rauchte eine Kippe, die er auf eine Stecknadel gespießt hatte.

Ich hörte wieder »Guten Tag« statt »Heil Hitler«.

Aus einem Kellerfenster, das keine Glasscheiben mehr hatte, dampfte aus einem kleinen Rohr Rauch, der nach Kohl roch. Aus einem anderen Keller drangen Akkordeonklänge. Männer sangen Seemannslieder.

La Paloma ohee,
einmal muss es vorbei sein …

Das Lied schlug mir wie eine Faust in den Magen. Ich riss mich sofort wieder zusammen. Alma, die Eltern – ich hatte eine Aufgabe.

Ich ging weiter, an einem Schwarzmarkt vorbei. Leute raunten sich ihre Angebote zu, Butter, Tabak, Bügeleisen … Erst später erfuhr ich, dass auch Papiere angeboten wurden. Papiere, mit denen sich ehemalige Nazis ihre neue Existenz erkauften.

Ich hatte Mühe, mich zu orientieren, da waren keine Kirchtürme, keine Gebäude, keine Straßenschilder mehr, nur Schutthalden und Häusergerippe, nur Staub und Wohnlöcher. Ich fand einen Punkt, von dem aus ich mir das Raster der Stadt wieder vorstellen konnte und schlug den Weg in meine alte Wohngegend ein. Auch rund um den Dammtorbahnhof, in der Grindelallee und in der Rothenbaumchaussee war bis auf wenige unbeschädigte Häuser alles in Schutt und Asche zerfallen.

Ich ging die Rothenbaumchaussee entlang, kletterte über Ziegelbrockenhaufen, bis ich vor dem Haus stand, in dem ich aufgewachsen war. Es war nur noch ein Teil der Vorderseite übrig geblieben. Ich starrte in die scheibenlosen Schaufensteröffnungen des ehemaligen Ladens, hinter denen damals die Musikinstrumente geglänzt hatten. Jetzt befand sich hinter den Löchern nur noch Ziegelbruch. Nichts deutete mehr auf die 21 Jahre hin, die ich hier verbracht hatte.

Ausgelöscht.

Das Nachbarhaus stand noch. Es gab sogar Namensschilder. Ich entdeckte den Namen Hagedorn. Die Tochter der Hagedorns kaufte damals ihre Klaviernoten bei uns.

Die Haupttür zum Wohnhaus war offen. Ich ging in den Flur und stieg die Treppe zum zweiten Stock hinauf.

Ich läutete. Ich läutete ein zweites Mal. Die Tür öffnete sich nur einen Spalt, sie war durch einen Riegel gesichert. Jemand schielte durch die schmale Öffnung.

Ich erkannte Wilma Hagedorn, die Mutter des Mädchens.

»Wir geben nichts«, rief sie.

»Frau Hagedorn, ich bin Aaron Stern, der Musikalienhändler«, sagte ich, »bitte, ich suche meine Familie. Wissen Sie etwas?«

Schweigen, ich weiß nicht wie lang.

»Ich weiß von nichts«, rief sie in ängstlichem Tonfall.

»Wann ist das Haus zerbombt worden?«

»43, beim Feuersturm. Und nun gehen Sie bitte. Ich weiß nichts.«

»Kennen Sie Agnes Müller, wissen Sie, wo sie ist? Oder Martin Bernstorff, den Arzt? Wohnt er noch hier?«

»Die Frau kenn ich nicht. Und der Bernstorff ist schon seit Jahren weg.«

Sie wollte die Tür schließen. Ich stellte meinen Fuß dazwischen.

»Wohin ist er gegangen? Ich muss es wissen.«

»Das weiß ich doch nicht. Nehmen Sie sofort Ihren Fuß weg, sonst rufe ich die Polizei.«

»Ich bin Aaron Stern«, schrie ich, »ich bin Jude, ich habe das Vernichtungslager überlebt, ich suche meine Tochter, und Sie wollen die Polizei rufen?«

Das erste Mal in meinem Leben hatte ich den Satz »Ich bin Jude«, ausgesprochen.

Ich zog meinen Fuß zurück, trommelte mit den Fäusten auf ihre Tür ein und spürte dabei, wie schwach ich war.

Ich ging zur Hallerstraße hinüber, wo Martin Bernstorff gewohnt hatte. Auch sein Haus stand nicht mehr. Nirgendwo fand ich Bekannte, die mir hätten weiterhelfen können. Ich beschloss, mich nach Bergedorf durchzuschlagen, um etwas über meine Eltern zu erfahren. Vielleicht wohnten ihre Freunde und Vermieter, die Bertrams, noch dort. Sie waren keine Juden. Vielleicht wussten sie etwas über die Eltern und auch über Alma.

Ich hatte eine Möglichkeit gefunden, auf einem Kohlenwagen bis Bergedorf zu fahren. Vom Bahnhof aus machte ich mich auf den Weg ins Villenviertel hinter dem Schloss.

Bergedorf war vom Bombenhagel verschont geblieben. Ich fand das Haus der Bertrams und läutete.

Ich erkannte Helene durch die durchscheinende Gardine des Türfensters. Auch sie war ängstlich. Auch bei ihr war ein Riegel vorgeschoben. Sie öffnete.

»Bitte?«, sagte sie durch den Spalt.

»Helene, erkennst du mich nicht? Ich bin Aaron, Aaron Stern.«

»Gott im Himmel«, rief sie, »Gott im Himmel, bist du es wirklich?«

Sie öffnete Riegel und Tür, umarmte mich und begann zu weinen.

»Komm rein, nun komm rein, Junge. Es ist ein Wunder, dass du noch lebst, ein Wunder!«

Sie sah mich an. »Was haben sie bloß aus dir gemacht? Aber du lebst, du lebst! Was willst du essen? Ich geb dir alles, was ich habe.«

Sie führte mich in die Küche und räumte ihre Speisekammer aus.

»Ich hatte alles für Kurt gehamstert, für seine Rückkehr, aber er ist nicht mehr. Sie hatten ihn an die Ostfront geschickt. Vor zwei Wochen kam der Brief.«

Sie ergriff meine Hand und streichelte sie.

»Du lebst, Aaron, was für ein Glück!«

»Ich suche meine Eltern, weißt du etwas? Was ist geschehen, nachdem Leah und ich fort waren?«

»Nun iss erst mal was. Du siehst völlig verhungert aus.«

Sie reichte mir ein Schinkenbrot und stellte mir eine Flasche Bier auf den Tisch. Dann setzte sie sich dazu.

»Ach Aaron … sie haben deine Eltern geholt wie die anderen auch. Es war schrecklich, aber was hätte ich denn tun sollen? Wir haben sie so lange geschützt, wie es ging. Schon lange hatte die Gestapo uns gedroht, weil wir an Juden vermietet hatten. Wir haben uns nicht einschüchtern lassen. Wir haben deinen Eltern nicht gekündigt. Sie blieben. Es war kurz nachdem deine Eltern den Stern tragen mussten. Dein Vater war sehr krank und hatte seine ganze Hoffnung verloren. Er war nur noch ein Häufchen Elend. Dann, nach einem Bombenangriff der Briten, wurden die ersten Juden deportiert. Es hieß, es würde in Hamburg an Wohnraum für die Ausgebombten fehlen. Schließlich bekamen auch deine Eltern den Deportationsbefehl. Ich hatte solche Angst, dass sie sich etwas antun würden. Dein Vater sagte immer, er würde Hamburg niemals verlassen. Nun, was rede ich, deine Eltern blieben am Leben. Mit einem der vielen Transporte hat man sie zum Hannoverschen Bahnhof am Lohseplatz gebracht. Die meisten Hamburger Juden sind nach Riga und Minsk ins Ghetto deportiert worden, aber deine Eltern kamen nach Theresienstadt. Ich habe noch eine

Grußkarte von ihnen bekommen, so eine, bei der man glaubt, sie seien in die Ferien gefahren. Wir waren nicht so dumm, es zu glauben. Das war das Letzte, was wir von ihnen gehört haben ... Aber ich habe ja einen Brief für dich! Sie haben ihn mir zugesteckt, am Tag bevor sie ... Warte, ich hol ihn gleich.«

Hamburg, den 21. Oktober 1941

Geliebter Sohn!

Leahs Eltern sind letzten Monat abgeholt worden. Wir wissen nicht, wohin sie gebracht wurden. Nun müssen auch wir gehen. Niemand sagt uns etwas, aber Vater glaubt, dass wir nach Theresienstadt kommen, denn er hat ja das EK1, und dadurch sind wir bevorzugt.

Wird er das alles überleben? Ich mache mir große Sorgen um ihn. Aber wir können nichts mehr gegen unser Schicksal unternehmen. Und alles Lamentieren, dass wir hätten rechtzeitig auswandern müssen, hilft nicht mehr.

Lass dir kurz sagen: Die letzte Information, die wir erhielten, war: Der Doktor wurde in ein Lazarett in den Osten versetzt und ist mit der ganzen Familie in die Gegend von Danzig gezogen. Also sucht dort, wenn ihr wiederkommen könnt.

Wir beten, dass du diesen Brief eines Tages in den Händen halten wirst. Wir hatten euch immer wieder Briefe nach Westerbork geschickt, aber keine Antwort erhalten. Daher nehmen wir an, dass die Post nie bei euch angekommen ist.

Es ist Zeit, wir müssen uns sputen, um die letzten Dinge zu bedenken, denn nun müssen auch wir wandern. Wir lieben und umarmen dich und Leah!

Gott schütze uns alle!
Deine dich liebenden Eltern

Ich saß da, mit dem Brief in der Hand. Tränen hatte ich keine.

Ich reichte Helene den Brief. Sie las.

»Ich verstehe nicht«, sagte sie, »was sollst du suchen?«

»Meine Tochter.«

»Deine *Tochter*? Erzähl mir alles, Aaron, auch wenn ich es nicht ertrage.«

ZWEI

Solange ich in Hamburg blieb, konnte ich bei Helene wohnen. Sie gab mir auch gute Kleidung und Schuhe ihres Mannes. Die Schuhe waren mir zu groß. Ich stopfte die Schuhspitze mit einem Taschentuch aus, streifte die Holzpantinen ab, und zog die schwarz glänzenden Schnürschuhe über meine Füße. Für den Bruchteil einer Sekunde fühlte ich mich wie ein normaler Mensch.

Ich betrat das Büro der Hamburger Suchdienstzentrale, eine dunkle zerstörte Wohnung mit zerborstenen Fensterscheiben, die provisorisch mit Pappe verkleidet waren. Ich fand mich in einem Raum wieder, der mit Menschen und braunen Karteikästen überfüllt war. Hinter einem Tresen saßen Rotkreuzschwestern mit weißen Hauben, neben ihnen stand ein runder Bunkerofen, dessen geknicktes Metallrohr durch die Fensterpappe stieß. Ich stand am äußeren Rand einer Traube von Männern und Frauen, die Anzeigen aufgeben wollten. Ein Wirrwarr von Stimmen surrte durch den Raum. »Ostfront«, »Regiment«, »Königsberg«, »Gefangenenlager«, »Hier ist die letzte Postkarte meiner Frau«... Als ich an die Reihe kam, legte ich meinen Ausweis als KZ-Überlebender vor und sagte:

»Ich suche meine Tochter, meine Eltern und meine Schwiegereltern und weitere Verwandte.«

Die Schwester blickte mich abweisend an. Ihr Mund verzog sich.

»Da sind Sie hier falsch. Für KZ-Häftlinge und Juden ist der Internationale Suchdienst in Bad Arolsen zuständig.«

Ihr Ton war barsch.

Ich nahm all meine Kraft zusammen und ließ mich nicht unterbrechen: »Meine Tochter lebt unter anderem Namen als nichtjüdische Deutsche. Sie heißt Alma Bernstorff und ist gleich nach ihrer Geburt im April 1939 von Dr. Martin Bernstorff und seiner Frau Gerda, die sie als ihr leibliches Kind angegeben und angenommen haben, gerettet worden. Sie hat einige Wochen als Frühgeburt im Krankenhaus Eppendorf verbracht und wurde dort von Dr. Bernstorff betreut. Die letzte Information, die ich über Dr. Martin Bernstorff habe, ist, dass er in den Osten, in die Nähe von Danzig beordert wurde, um dort ein Lazarett zu leiten.«

»Hören Sie«, erhielt ich als Antwort, »es gibt hier keine deutsche Familie, die keinen Angehörigen sucht. Wir haben hier Millionen von Suchanträgen. Ausgebombt, vermisst, verschleppt, vertrieben, Kriegsgefangene, Soldaten, Deutsche aus den Ostgebieten. Hunderttausende von Kindern werden vermisst. Jeder hofft, seine Kinder wiederzufinden. Ich kann nichts für Sie tun. Gehen Sie zum Kindersuchdienst nach Altona oder eben zum Internationalen Suchdienst. Hier sind Sie jedenfalls falsch.« Sie schob mir meinen Ausweis zu und sagte: »Der Nächste bitte.«

Niemand kam mir zu Hilfe. Ich stand da wie gelähmt. Ich war nicht in der Lage, mich zu wehren. Ich war nicht in der Lage, diese Frau anzuschreien. Ich fragte nicht einmal nach der genauen Adresse des Kindersuchdienstes.

»Allee 125«, las ich am Schwarzen Brett und machte mich auf den Weg durch die Trümmerstadt, durch Ziegelbruch und Menschen, die mich längst vergessen hatten und an meinem Schicksal nicht interessiert waren.

Die Rotkreuzschwester in Altona war hilfsbereit.

»Bitte füllen Sie diese Fragebögen aus. Ich leite dann alles an die zuständigen Stellen weiter. Bei Ihrer Tochter wird eine Karteikarte allerdings wenig helfen. Viele Kleinkinder kennen oft nur noch ihren Kosenamen oder Vornamen.«

»Meine Tochter ist jetzt sieben Jahre alt. Da muss ein Kind doch seinen Namen behalten.«

»Niemand weiß, was die Kleinen erlebt haben«, sagte die Schwester. »Viele von ihnen haben einen neuen Namen mit neuem Geburtsdatum. Wenn sie verloren gegangen sind und noch leben, wenn sie niemand aufgenommen hat oder sie in irgendwelchen Heimen untergebracht sind, sind sie auf sich allein gestellt und leben womöglich in den Wäldern und Ruinen oder stromen in Litauen herum.«

Sie sah mich an, als täte ihr leid, was sie soeben geschildert hatte.

»Füllen Sie alles aus, was sie über Ihre Tochter wissen. Und studieren Sie auf jeden Fall die Kinderbildplakate. Vielleicht erkennen Sie Ihre Tochter, auch wenn Sie nicht wissen, wie sie jetzt aussieht. Vielleicht haben Sie Glück und es ist eines der elternlosen Mädchen, die wir in den Heimen, Pflegestellen und Jugendämtern fotografiert haben. Ich werde auch eine Kindersuchmeldung im

Radio veranlassen. Vielleicht melden sich andere Angehörige, also ich meine Verwandte der Familie Bernstorff. Eine weitere Möglichkeit ist es, die Passagierlisten der Flüchtlingsschiffe anzufordern und durchzusehen. Aber das braucht viel Zeit. Wir leben im Chaos, und die Suchdienste arbeiten bislang unkoordiniert.«

Die Zeitungen waren angefüllt mit Suchanzeigen. Wer kann Auskunft geben über meine Mutter, wer weiß irgend etwas über meinen Vater, die Schwester, den Schwager, eine Frau suchte ihren Mann und ihre fünf Kinder.
Auch ich gab Anzeigen auf, in denen ich um den kleinsten Anhaltspunkt bat, aber es meldete sich niemand.
Die Überlebenden, die Gewissheit hatten, gaben Todesanzeigen für ihre Angehörigen ohne Grab auf. *Schmerzliches Gedenken an meine liebe Mutter, umgekommen in Birkenau.* Ein Mann listete 83 Angehörige auf, die er in den Todeslagern verloren hatte.

Es kam der Tag, an dem der Suchdienst mir den Tod meiner Eltern mitteilte. Bis zuletzt hatte ich vage Hoffnungen gehabt. Nun erfuhr ich, dass sie in Theresienstadt erschossen worden waren.
Während ich den Brief des Suchdienstes las, war ich wie gelähmt. Das Einzige, was ich dachte, war: Wenigstens blieben ihnen ein Vernichtungslager und die Gaskammer erspart.

Leahs Eltern und andere Verwandte wie Tante und Onkel blieben verschollen. Auch über Alma erhielt ich keinerlei Informationen. Immer wieder suchte ich den Kindersuchdienst auf, durchforschte die aktuelle Fotokartei und sah mir die Mädchenfotos auf den Plakaten an. Jeden Abend hörte ich die Suchsendungen im Radio, die immer nach dem gleichen Muster verliefen. Ich kann es heute noch auswendig.

Nachstehend veröffentlichen wir weitere Namen von Kindern, die ihre Eltern suchen oder von ihren Eltern gesucht werden. Alle Personen, die Auskünfte erteilen können, werden gebeten, das Deutsche Rote Kreuz, Abteilung Kindersuchdienst, Hamburg – Altona, Allee 125, zu benachrichtigen.

Tag für Tag wartete ich, Tag für Tag hörte ich die Suchsendung.
Alma blieb verschwunden.

Ich suchte weiter. Nach Wochen des Wartens erfuhr ich zunächst etwas über Martin Bernstorff. Ein Lazarettarzt, der mit ihm zusammengearbeitet hatte, meldete sich und berichtete, Martin hätte seine Familie mit der »Wilhelm Gustloff«, die in Gotenhafen auslaufen sollte, in Sicherheit bringen wollen. Martin Bernstorff selbst sei im Lazarett geblieben, er hätte es nicht über sich gebracht, die Verwundeten im Stich zu lassen. Der Assistenzarzt habe dann in einem Versteck mit eigenen Augen ansehen müssen, wie Martin Bernstorff und einige Sanitäter von einem russischen Soldaten erschossen wurden. Er selbst habe sich dann, nachdem die Russen vorerst abgezogen waren, in den Westen durchschlagen können.

Der Suchdienst forderte die Passagierliste der »Gustloff« an. Ich musste lange warten, bis die Listen eintrafen. Ich wusste nichts vom Schicksal des Schiffes.

»Herr Stern«, sagte die Rotkreuzschwester. »Alma und Gerda Bernstorff stehen auf der Passagierliste der ›Gustloff‹.« Ihre Stimme wurde leiser. »Das Flüchtlingsschiff ist am 30. Januar 1945 mit mehr als 10.000 Menschen von Gotenhafen abgefahren. Am Abend desselben Tages wurde es torpediert und ging unter.« Sie sah mich mitfühlend an. »Es gibt nur wenige Überlebende. Alma Bernstorff und auch Gerda Bernstorff sind auf den Listen der Überlebenden nicht aufgeführt. Ich habe leider noch ein weiteres Schreiben erhalten. Das Amtsgericht Hamburg, das für die ›Gustloff‹ mit Hamburg als Heimathafen zuständig ist, hat Alma und Gerda Bernstorff für tot erklärt. Es tut mir sehr leid, Ihnen das mitteilen zu müssen.«

DREI

Ich fuhr nach Belsen zurück. Ludwig war noch im Lager.
»Ich komme mit nach Erez Israel«, sagte ich ohne weitere Erklärung. Ich konnte den Schmerz, den ich spürte, nur dadurch ertragen, dass ich erstarrte und schwieg.

Ludwig blickte mich an. Er stellte keine Fragen. Er sah mir alles an.

Er umarmte mich.

»Palästina ist unsere Hoffnung, Aaron.«

Ludwig und ich waren keine politischen Zionisten, sondern nur Menschen, die die Erinnerung hinter sich lassen wollten. Ludwig entwickelte mehr Eifer und Zuversicht, nach Palästina zu gelangen, als ich. Er kümmerte sich für uns gemeinsam um alles. Ich hatte keine Kraft und keinen Ansporn. Meine Familie war tot, Alma war tot. Ich wollte Deutschland und Europa so weit wie möglich entfliehen, um allem zu entkommen.

Es war 1947, das Jahr vor der Staatsgründung Israels. Die Immigration ins britische Mandat Palästina war illegal. Schon während des Krieges wiesen die Briten viele Flüchtlingsschiffe zurück. Nach Kriegsende beschränkte England die Einreisequoten drastisch. Seither schleusten die zionistischen Organisationen Juden illegal nach Palästina.

Wir mussten verschiedene Hürden überwinden. Für die Einwanderung benötigten wir Zertifikate, die wir nicht besaßen. Wir hatten nicht einmal einen Pass oder eine Geburtsurkunde. Wir waren Niemande, wir besaßen nur unsere Nummern auf dem Unterarm.

Die Flüchtlingsorganisation »Brichah« half bei der Vorbereitung. Die Schiffspassage war sehr gefährlich. Die britische Marine versuchte, die Schiffe daran zu hindern, in die britischen Hoheitsgewässer einzufahren, und sie auf offener See zu entern, um die Flüchtlinge auf Zypern, damals noch eine englische Kolonie, oder direkt in Palästina zu internieren.

Wir erhielten von der Organisation Zertifikate mit Namen, die schon einmal für eine Einwanderung benutzt worden waren. Die Bescheinigung, die ich erhielt, war auf den Namen Mosche Gutmann ausgestellt.

Ich besitze noch das Gruppenfoto, das jemand von uns vor der Abreise aufnahm. 30 Männer in Mänteln und mit Schiebermützen auf dem Kopf posieren gestaffelt, die ersten zwei Reihen sitzen, die hinteren Reihen stehen. Unsere Gesichter zeigen einen ernsten Ausdruck, nur wenige ein verhaltenes Lächeln. Ich sehe den Blick, der alle Überlebenden des Holocaust zeichnet. Es ist ein Blick, es sind Augen, durch die das Grauen unvergessen hindurch scheint, auch wenn sie lachen. Es ist ein Blick, der besagt, dass nichts vergessen werden kann, selbst wenn man versucht, das Schreckliche zu verdrängen. Auch die Münder haben sich verändert. Die ernsten geraden Striche, die wie Balken über dem Kinn liegen, die sich unser ganzes Leben lang nach jedem Lächeln wieder zu Balken formen, erzählen stumm von dem, was wir erlebt haben.

Ich stehe mit Ludwig in der dritten Reihe. Ludwig schaut zuversichtlich und entschieden in die Kamera, ich wende den Blick ab, ich schaue ins Leere, ich stehe da mit eingefallenen Wangen und Balkenmund und blicke in ein Vakuum.

Wir fuhren mit der Eisenbahn nach München. Von dort ging es über die französische Grenze bis Marseille. Vom Bahnhof aus brachten uns Lastwagen zu einem der Auffanglager. Wir blieben dort einige Tage, bevor wir wieder mit Lastwagen nach Sète fuhren, von wo das Schiff auslaufen sollte. Die Lastwagenkolonnen Richtung Sète wurden immer länger. Einige 1000 Juden aus allen Ländern zogen Richtung Hafen.

Wir blieben nicht unbemerkt. Die Royal Air Force hatte Flugzeuge an der französischen Küste im Einsatz, die die langen Wagenkolonnen, die sich nach Sète schlängelten, gesichtet hatten.

Wir verbrachten einige Stunden auf dem Kai. Dann mussten wir unsere gefälschten Pässe, die wir von der Haganah erhalten hatten, vorzeigen und dem französischen Zollbeamten Kolumbien als Ziel unserer Reise angeben. Der Beamte war informiert, vielleicht auch bestochen worden, und stand auf unserer Seite. Er notierte die vielen falschen Namen auf der Liste, kontrollierte die Visa für Kolumbien, gab uns den erforderlichen Stempel und ließ uns die »President Warfield« besteigen, auf deren Heck die Fahne von Honduras flatterte.

VIER

Das Schiff fuhr ab. Wir saßen kurz danach noch ein, zwei Stunden auf einer Sandbank fest. Erst mit der Flut löste sich das Schiff vom Meeresgrund.

Ein weiteres Mal in meinem Leben befand ich mich auf einem Schiff mit Juden, die eine neue Heimat suchten, ich war auf dem Weg nach Palästina in der Hoffnung, dort ein menschenwürdiges Dasein führen und vergessen zu können.

Die »President Warfield« war kein Kreuzfahrtschiff, sondern ein alter maroder Flussdampfer, der eigentlich nicht für eine Fahrt auf hoher See geeignet war. Mit seinem geringen Tiefgang konnte er jedoch an der Küste auflaufen. Dafür war er ausgewählt worden.

Das Schiff war klein und vollkommen überfüllt. Wir waren über 4500 Menschen. Unsere Schlafplätze befanden sich im Unterdeck. Wir lagen eng an eng auf mehrstöckigen niedrigen Pritschen. Es war Juli. Die Hitze und die stickige Luft erdrückten mich. Der Gestank vom Erbrochenen der Seekranken und von Exkrementen kam hinzu. Ich bekam Angstzustände. Ich konnte dort unten nicht bleiben, drängte mich auf das Oberdeck und schlief in einem Winkel unter freiem Himmel.

Es gab nur wenig Trinkwasser. Ständig hatten wir Durst. Wir aßen Schiffszwieback und Maronenpüree aus der Dose. Die Menschen schlugen sich um einen

Becher Wasser und um Platz, die Füße ausstrecken zu können.

Seit wir in Sète ausgelaufen waren, begleiteten britische Kriegsschiffe unsere Fahrt. Immer wieder forderten die Kommandanten den Kapitän der »President Warfield« auf, die Fahrt abzubrechen. »Sie dürfen in Palästina nicht an Land gehen. Wir werden im Notfall Gewalt anwenden. Widerstand ist zwecklos«, dröhnte es durch Megaphone und Bordlautsprecher.

Der Kapitän war ein junger, mutiger amerikanischer Jude, der an seine Aufgabe glaubte und nicht nachgab.

Auf offener See fand eine Zeremonie statt, in der unser Schiff auf den Namen »Exodus 1947« umgetauft und die zionistische blau-weiße Fahne mit dem Davidstern gehisst wurde. Die Menschen sangen dazu die *Hatikwa*.

Solang noch im Herzen drinnen
Eine jüdische Seele wohnt.
Und nach Osten hin vorwärts
Das Auge nach Zion blickt.
Solange ist unsere Hoffnung nicht verloren
die Hoffnung zweitausend Jahre alt
Zu sein ein freies Volk in unserem Land
im Lande Zion und in Jirushalajim!

Zwei junge Männer entrollten ein Spruchband.

Wir gehen nach Hause, Soldaten,
warum geht ihr nicht auch?

Kurz darauf schrie eine Männerstimme durchs Megaphon:

»Engländer, geht weg! Wir befinden uns auf internationalen Gewässern. Ihr müsst mindestens 100 Meter Abstand halten!«

Einige Männer spannten an der Reling Drahtnetze, die die englischen Soldaten am Entern unseres Schiffes hindern sollten.

Am sechsten Tag der Fahrt sahen wir die Küste von Erez Israel. Es war geplant, mit dem Schiff auf einen flachen Sandstrand südlich von Tel Aviv aufzulaufen.

In der Nacht griffen die britischen Kriegsschiffe an, sechs Zerstörer und zwei Minenleger, obwohl wir uns noch nicht in palästinensischen Hoheitsgewässern befanden. Starke Scheinwerfer strahlten das Schiff an. Eine Megafonstimme forderte den Kapitän auf abzudrehen, aber der Kapitän reagierte nicht.

Eine Sirene schrillte durch die Nacht. Die Engländer griffen an. Sie warfen Gasgranaten und Tränengas auf die »Exodus«. Das Gas brannte in den Augen, und wir konnten kaum atmen.

Viele von uns leisteten Widerstand. Auch Ludwig kämpfte. Ich gehörte nicht zu dieser Mehrheit. Ich sang auch nicht die *Hatikwa*. Ich geriet in eine Skepsis der ganzen Unternehmung gegenüber. Zu laut schrien die Führer der Haganah, zu aggressiv forderten sie die Passagiere auf, für *die Sache* zu kämpfen, aber die meisten folgten ihrem Ruf. Ich konnte es niemandem verübeln. Palästina war unsere letzte Zufluchtsmöglichkeit. Keiner hatte mehr etwas zu verlieren, alle hatten nur den Wunsch, nach Palästina zu gelangen.

Stundenlang warfen sie mit Konservenbüchsen, Schrauben, Kartoffeln, Flaschen, Brettern und Stangen, um die Engländer zu vertreiben. Ich stand verstört und erstarrt hinter einem Schiffsschornstein. Es war von vornherein ein ungleicher Kampf, ein Kampf, den ich nicht für möglich gehalten hätte.

Die Gewalt eskalierte. Mehrere Male wurde die »Exodus« von den Zerstörern gerammt und schwer beschädigt. Soldaten schnitten die Drahtgespanne mit einer Stahlschere entzwei und enterten das Schiff. Erst als die ersten Schüssen fielen und es Tote und viele Schwerverletzte unter uns gab, erteilte die Haganah den Befehl zur Aufgabe.

Die »Exodus« lief, von den britischen Kriegsschiffen begleitet, im Hafen von Haifa ein. Hinter den Stacheldrahtzäunen, die im Hafengebiet errichtet worden waren, weinten Tausende von Menschen über unser Schicksal. Einige von uns entdeckten ihre Verwandten. Niemand durfte von Bord. Nur die Verwundeten wurden ins Krankenhaus gebracht.

Die Engländer scheuchten uns vom Schiff herunter. Wir atmeten nicht die Luft Palästinas, wir atmeten weißes Entlausungspulver, mit dem wir besprizt wurden, danach trieben die Soldaten uns mit dem Schlachtruf der Judenverfolger »Hep, hep, hep« auf drei britische Gefangenenschiffe. Damit begann das, was die Briten »Operation Oase« nannten.

Am nächsten Tag verließen die Gefängnisschiffe mit uns an Bord den Hafen von Haifa. Wir besaßen nichts mehr außer einem kleinem Bündel Gepäck. Wir lagen auf vergitterten Schiffen, in kahlen Frachträumen. Überall befanden sich Drahtgitter, sie trennten die einzelnen Abteilungen im Inneren des Schiffes und sie waren vor den Luken gespannt, um zu verhindern, dass jemand von uns sich ins Meer stürzte. Bei unerträglicher Hitze hockten wir in diesen Käfigen und durften nur einmal am Tag für eine halbe Stunde an Deck gehen. Einige Menschen, darunter auch ich, bekamen auf der langen Fahrt hysterische Erstickungsanfälle.

Wir glaubten, dass wir als illegale Einwanderer wie üblich nach Zypern in ein Internierungslager gebracht würden, aber wir fuhren an Zypern vorbei. Bald erkannten wir, dass die drei Schiffe europäisches Festland ansteuerten. Unter uns brach Unruhe aus, doch wir waren gut bewacht.

Über eine Woche waren wir unterwegs, bevor wir wieder Land sahen. Wir passierten Marseille, als zwei Motorboote erschienen und die Aufforderung »Bleibt an Bord, was auch geschieht«, durch Megafone schallte.

Die Schiffe ankerten vor dem kleinen Hafen von Port de Bouc an der Rhône-Mündung. Nichts brachte uns dazu, das Schiff zu verlassen.

Die Briten beabsichtigten, die Schiffe zu räumen, doch die französische Regierung ließ dies nicht zu. Stattdessen bot sie uns Asyl in Frankreich an, vorausgesetzt, wir verließen die Schiffe freiwillig. Nur wenige Menschen, vor allem Alte und Kranke, gingen an Land. Alle anderen harrten auf den Schiffen aus. Drei Wochen dümpelten wir vor Port de Bouc. »Wir werden nur in Palästina an Land gehen«, war die Parole auf allen drei Schiffen. Wir gingen in Hungerstreik und kippten das Essen, das uns die Engländer reichten, ins Meer. Nichts konnte uns umstimmen. Auch ich weigerte mich. Ich hatte mit Europa abgeschlossen. Ich ließ mir nichts mehr vorschreiben.

Die Briten stellten uns ein Ultimatum. Wenn wir nicht mit der Ausbootung begännen, würden die Schiffe zur britischen Zone in Deutschland weiterfahren, wo wir sofort ausgeschifft würden. Niemand von uns glaubte daran, dass die Briten es wagten, uns zurück nach Deutschland zu bringen. Wir blieben auf den Schiffen. Immer wieder erschallte die *Hatikwa*. Ein junger Mann übermalte die britische Fahne mit einem Hakenkreuz.

In Ölsardinendosen, die an einem Band befestigt waren, ließen wir Nachrichten von Bord durch die Abwasserrohre des Schiffes ins Meer gleiten, wo die Verbindungsleute der Haganah sie mit ihren Booten auffingen und von dem Band abschnitten. Mit diesen Informationen veranstalteten sie in Port de Bouc Pressekonferenzen.

Es hieß, man plane, uns nach Hamburg zu bringen. Zu diesem Zeitpunkt glaubten wir immer noch nicht daran, nach Deutschland zurückgefahren zu werden.

Die Schiffe verließen Port de Douc. Für ein paar Tage lagen die Schiffe weit draußen auf der Reede von Gibraltar. Die Militärs befürchteten ein jüdisches Attentat und zündeten in regelmäßigem Abstand Wasserbomben, um Anschläge von Tauchern zu verhindern. Die ganze

Zeit über wurden wir von Patrouillenbooten umkreist und nachts von Scheinwerfern angestrahlt. Kein Schiff durfte sich uns nähern. Wir hatten zu diesem Zeitpunkt schon über vier Wochen auf den Gefangenenschiffen in unseren Käfigen verbracht.

Die Schiffe standen von jetzt ab unter dem Kommando eines »Red Beret«. Die »Rotkäppchen« zählten zur harten britischen Eingreiftruppe mit Spezialausbildung. Man hatte den Soldaten vorgetäuscht, dass sie Verbrecher zu begleiten hätten. Als sie die vielen Frauen und Kinder auf den Schiffen sahen, war ihnen ihre Verunsicherung anzumerken.

Die Schiffe legten in Gibraltar ab. Wir durchquerten die Biskaya bei Kälte, Sturm und Regen. Wir besaßen keine Decken. Ein Säugling, der ein paar Stunden zuvor geboren worden war, starb. Er wurde von einem Rabbi in eine Pappschachtel gelegt und ins Meer geworfen.

FÜNF

Es war früher Morgen, als wir im Hamburger Hafen ankamen und das Schiff am Pier anlegte. Das Hafengebiet war mit Stacheldraht abgeriegelt. An die 1000 Soldaten erwarteten uns. In verschiedenen Sprachen schepperte die Aufforderung, das Schiff innerhalb der nächsten Stunde freiwillig und ohne Widerstand zu verlassen.

Die letzte Aufforderung ertönte nach Ablauf der Frist.

Nur ein paar Familien mit Kindern und einige alte Menschen gingen von Bord. Jazzmusik plärrte aus Lautsprechern. Es war wie in Auschwitz.

»Niemals gehen wir ins verfluchte Deutschland zurück, in dem Millionen Juden vernichtet wurden, wir wollen nach Palästina als freies Volk in ein freies Land!«, schrie eine junge Frau in die Musik hinein.

Um weiteres Blutvergießen zu verhindern, beschloss die Haganah, passiven Widerstand bei der Ausschiffung zu leisten.

An die 100 englische Militärpolizisten und Soldaten stürmten das Schiff. Sie waren mit Stahlhelmen, Holzknüppeln, Gasmasken und Tränengas ausgerüstet. Wir blieben, wo wir waren. Wir riefen und pfiffen, einige sangen jüdische Lieder.

Mehrere Soldaten schleiften je einen Menschen von Bord. Sie schleppten uns den Steg hinunter und brachten uns schreiende, weinende und kreischende Menschen in bereitstehende Züge. Wieder riefen die Engländer »Hep, hep, hep«.

Ich sehe das Bild einer Mutter mit ihrem Kind vor meinen Augen. Sie trug ein lockenköpfiges blondes Mädchen auf dem Arm, die Kleine mag etwa drei Jahre alt gewesen sein. Die Stirn des Mädchens war in Furchen gezogen, die Augen voller Misstrauen auf die Soldaten gerichtet. Ich habe diesen Blick nie vergessen. Er steht für alles, was geschehen ist.

Wir brachen die Fenstergitter der Waggons auf. Wir ertrugen keine Gitter mehr.

Essen, das man uns brachte, warfen wir aus dem Fenster.

Die Züge setzten sich in Bewegung und rollten Richtung Lübeck. Sie hielten in einem kleinen Ort, ich glaube, er hieß Kücknitz. Bewaffnete Soldaten trieben uns in Lastwagen, mit denen man uns in das im Wald gelegene Lager Pöppendorf fuhr. In jedem Wagen saßen zwei Soldaten mit Maschinengewehren.

Ich befand mich vor dem Gelände, auf das man uns zutrieb. Auch das Lager war schwer bewacht und von Wachtürmen, Scheinwerfern und einem sehr hohen und etwa vier Meter breiten Stacheldrahtverhau umgeben. Hatten wir den Holocaust überlebt, um in Deutschland wieder in einem Lager inhaftiert zu werden?

Wir wurden gezählt, entlaust, von Ärzten untersucht, registriert. Als wir Angaben zu unserer Person machen sollten, sagten wir: »Ich heiße Marlene Dietrich und komme aus Erez Israel«, oder: »Ich bin Lord Thunderbird und stamme aus Haifa.« Nie wieder wollten wir auf einer Liste stehen, die in Deutschland erstellt wurde.

Wir erhielten eine Suppe und Decken. Dann quartierte man uns in den Baracken, Nissenhütten und Zelten ein. Ludwig und ich wohnten mit einigen anderen Männern in einer der rund gewölbten Wellblechhütten, in der eng an eng Etagenbetten standen.

Die Briten hatten einen englischen Lagerkommandanten eingesetzt. Das Lagerpersonal bestand aus Deutschen. Man sperrte uns ins Lager und mutete uns zu, von Deutschen beaufsichtigt zu werden. Erst später bildete sich ein jüdisches Komitee, das zum Ansprechpartner für die britische Lagerverwaltung wurde. Doch es gab keine Einigung. Die Engländer drohten, unsere Verpflegung zu kürzen, wenn wir dem Asylangebot Frankreichs, das immer noch Gültigkeit hatte, nicht zustimmten. Wir weigerten uns weiterhin, auch was die Registrierung unserer Namen anging. Die Lagerverwaltung verringerte daraufhin die Tageskalorienmenge. Wir gaben nicht nach.

Es hatte viele internationale Proteste gegen unsere Verhaftung durch die Briten gegeben, sodass die Wachtürme abgebaut wurden und die britische Lagerverwaltung abzog. Wir waren wieder freie Menschen und durften das Lager verlassen. Aber wohin sollten wir gehen? Wir hatten keine Familie mehr, kein Geld, keine Wohnung, nichts zu essen. Die meisten von uns beharrten darauf, nach Palästina auszuwandern.

Alle blieben vorerst in den Unterkünften, wo es Nahrung und Schlafplätze gab, und warteten. Das Lager stand mittlerweile unter jüdischer Leitung, auch eine jüdische Polizei war eingesetzt, die uns vor Antisemiten schützte.

Später erfuhr ich, dass die Haganah nach unserem Ausstieg in Hamburg eine Bombe auf einem der anderen Schiffe gelegt hatte. Sie wurde rechtzeitig entdeckt und entschärft. Die Haganah-Zentrale hatte auch von der Überfüllung der Sammellager auf Zypern gewusst und die Fahrt der »Exodus« für ihre politischen Machtspiele benutzt. Sie hatte uns ahnungslose Juden für ihre politische Strategien eingesetzt, sie hatte das nahezu seeuntüchtige Schiff mit verzweifelten Menschen vollgestopft und benutzt, um Aufmerksamkeit zu erregen und die Empörung der Welt über unser Schicksal anzufachen.

Die Engländer, die uns aus dem Konzentrationslagern befreit hatten, griffen uns an und internierten uns. Die Haganah verwendete uns als Druckmittel und politisches Kanonenfutter.

Jahrzehnte später deckte man auf, dass Agenten des englischen Geheimdienstes etwa zwölf jüdische Einwandererschiffe mit Überlebenden aus den Konzentrationslagern im Jahre 1947 bombardiert und mehrere versenkt hatten. Diese Bombardierungen hatte der englische Außenminister Ernest Bevin angeordnet.

Der Winter stand vor der Tür. Die Nissenhütten und Zelte waren nicht winterfest. Die Briten schlugen vor, uns nach Emden umzuquartieren. Die jüdische Lagerleitung stimmte zu.

Anfang November zogen die meisten Lagerbewohner in das ehemalige Kasernengebäude in Emden um. Wieder ein Lastwagentransport, wieder eine Zugfahrt in ein anderes Lager.

Einige versuchten, zu Bekannten zu ziehen, um dem Lagerleben endlich zu entrinnen. Auch ich war zermürbt. Ich nahm Kontakt zu Helene Bertram auf. Sie nahm Ludwig und mich auf.

SECHS

Wir lebten bei Helene und versuchten, in Hamburg Fuß zu fassen, was nicht gelang. Ludwig war seit Tagen gereizt und angespannt. Er kam gerade aus der Stadt, er sah elend und verzweifelt aus. Er ließ sich auf den Stuhl fallen.

»Helene hat Kaffee, soll ich dir einen kochen?«, fragte ich.

Er antwortete nicht auf die Frage, sondern sprang wieder auf.

»Ich kann nicht mehr, Aaron, ich ertrage es nicht! Ich sehe keine Uniformen, keine Orden, keine Hitlerbilder, keine Hakenkreuzfahnen mehr, aber es hat sich überhaupt nichts verändert. Die Deutschen haben Hitler in ihrem Hirn, es wird immer so bleiben. Sie verachten uns Juden.« Er ging im Zimmer auf und ab. »Im Radio ist von Auschwitz und den Todesfabriken berichtet worden. Und in den Zeitungen haben die Engländer Fotos von uns veröffentlicht. Tote und Sterbende in gestreiften Anzügen, Skelette und Leichenhaufen. ›Wir haben von nichts gewusst‹, behaupten alle. ICH KANN'S NICHT MEHR HÖREN!« Ludwig wurde immer lauter. »Alle haben nichts gewusst, weil sie nicht wissen *wollten*, weil sie die Augen, Ohren und Nase vor dem, was sie hätten wissen und riechen können, verschlossen haben. Was ist mit den Eisenbahnern, den Lokführern der Deportationszüge und den anderen Helfershelfern, haben die auch nichts gewusst? Was ist mit den Firmen, die Stoff für Sträflingskleidung lieferten, die Verbrennungsöfen aufstellten, die Unmengen von Blausäure in die Lager brachten, mit der wir vergiftet wurden? Wo sind wir denn geblieben, wo? Niemand hat sich das gefragt. Nicht einmal die Welt hat sich das gefragt. Wir wurden aus den verschiedensten Ländern deportiert, niemand hat es verhindert, weder in Wien oder Berlin noch in Paris, Brüssel oder Amsterdam. Überall sind wir aus unseren Wohnungen und Häusern herausgeholt worden, überall, ganz zu schweigen von den osteuropäischen Juden. Unser Verschwinden wurde totgeschwiegen! Ich ertrage es nicht mehr, hörst du? Ich laufe durch Hamburg und höre nur Lügen, Gejammer und Selbstmitleid. ›Wir haben doch schließlich auch gelitten und leiden noch immer. Wir haben keine Kleider, die Schuhsohlen sind löchrig, die Kochplatte ist kaputt, der nächste Winter kommt, wir haben nichts zu heizen. Wir leben unter Ruinen und in nassen Kellern. Wir wohnen zu sechst in einem Loch. Und jetzt kommen immer mehr Flüchtlinge und Vertriebene. Wir haben doch selbst nichts, es ist unverschämt, dass die Engländer von uns fordern, Kleider und Decken für Flüchtlinge und ehemalige KZ-Insassen abzugeben.‹ Ludwig redete immer schneller. »Und dann reden sie von den Bomben, von den gefallenen Söhnen und toten Männern, von den kriegsgefangenen Deutschen, von der Feuersbrunst, vom Hunger, von der Kälte, von den Trümmern. Wer denn die russische Barbarei bestraft, und warum die Engländer ganz Hamburg zerstört haben und so viele Hamburger haben elendig sterben müssen. Sie empfinden das

Ende des Krieges nicht als Befreiung, sondern als Niederlage, und sie hassen uns Juden weiterhin!« Ludwig fuchtelte mit den Armen. »Schau dir doch die Prozesse an, in denen die Nazis eine Lüge nach der anderen erzählen. Für die Richter werden ihre Lügen zur Wahrheit. Die meisten werden freigesprochen und sitzen wieder in ihren Ämtern. Persilscheine flattern durchs Land, die Nazis lassen sich von Freunden und Kollegen ihr ›judenfreundliches Verhalten‹ während der Hitlerzeit bescheinigen. Auf dem Schwarzmarkt kann sich jeder Nazi, der Geld hat, eine jüdische Großmutter kaufen. Sie kostet 7.000 Mark einschließlich der gefälschten Papiere, wusstest du das?« Ludwig stöhnte auf. »Ich stand am Bahnhof, als ein Mann zu einem anderen sagte: ›Da laufen ja immer noch Juden herum, schade, dass man nicht alle vergast hat.‹« Er zitterte. »Ich muss hier so schnell wie möglich weg, Aaron, ich kann das nicht länger aushalten.«

Er setzte sich wieder zu mir an den Tisch.

»Die Generalversammlung der Vereinten Nationen hat den Teilungsplan für Palästina angenommen. Sobald der Staat Israel ausgerufen wird, fahre ich. Dann werden alle Einwanderungsbeschränkungen aufgehoben.«

»Komm mit, Aaron, wir können dann legal einreisen.«

»Ich bleibe hier. Ich sehe keinen Sinn mehr darin, nach Israel zu gehen.«

»Wie kannst du so was sagen?«

»Mehrere arabische Staaten wollen kein Israel. Ich will keinen Krieg mehr. Ich bleibe in Hamburg.«

»Du willst als Jude in Deutschland leben?«

»Ich will weder einen arabischen Staat, der die Rechte der Juden übergeht, noch einen jüdischen Staat, der die

Rechte der Araber übergeht. Ich wünsche mir einen gemeinsamen unabhängigen, demokratischen arabisch-jüdischen Staat. Beide Völker, das jüdische wie das arabische, haben ihre Wurzeln in Palästina. Nur ein gemeinsamer Staat bedeutete ein gerechtes Miteinander und vor allem die Möglichkeit eines Friedens.«

»Wir Juden haben ein Recht auf einen eigenen Staat!«
»Ich bleibe in Hamburg.«

Im Sommer fuhr Ludwig nach Marseille, um sich einzuschiffen. Zur gleichen Zeit wurden Hunderttausende von Palästinensern aus ihrer Heimat vertrieben und flüchteten ins Exil.

Ich kapitulierte vor dem Wahnsinn der Welt.

SIEBEN

Ich war ohne Lebensmut. Ich war allein, ich war einsam, ich hatte kein Zuhause, keine Heimat, keine Wurzeln, keine Frau, keine Familie, kein Kind mehr. Nichts verband mich mehr mit diesem Land. Alma war tot. Ich hatte nichts mehr zu hoffen.

Warum hatte ich überlebt, warum war ich unter Millionen von Juden am Leben geblieben? Was für einen Sinn machte das? Warum gerade ich? Warum lebte ich noch? Warum? Immer wieder stellte ich mir diese Frage.

Wie sollte ich mit dem, was mir widerfahren war, weiterleben?

Ich musste lernen, in einem Land zu leben, das meine Familie ermordet hatte und deren Mörder auf freiem Fuß lebten. Ich wusste nicht, wie ich mit den Deutschen umgehen sollte.

Den einzigen Weg, Halt zu finden, sah ich für mich darin, meine Leidensgeschichte zu verdrängen und meinen alten Beruf in Hamburg wieder aufzunehmen. Kein Wort kam mir mehr über die Zeit meiner Verfolgung über die Lippen. Ich habe einfach nicht mehr über meine Vergangenheit gesprochen. Es war notwendig für mein Überleben. Ich hätte sonst nicht weiterleben können. Ich blendete alles aus.

Bald schon erkannte ich, dass das, was ich erlebt hatte, nicht zu verdrängen war, so sehr ich es versuchte. Nachts brachen die Erinnerungen hervor, und ich war den grauenvollen Bildern ausgesetzt. Ich trotzte diesen Ängsten und baute mir eine neue Existenz auf.

Ich nahm mein Leben in die Hand. Ich beschloss, wieder ein Musikaliengeschäft zu eröffnen und Cello zu spielen. Ich plante ein Verkaufshaus mit Musiklehrerbörse und Konzertveranstaltungen, bei denen sich Lehrer wie Schüler vorstellen konnten. Ich wollte, dass die Menschen Musikinstrumente erlernten und spielten, so oft und so lange wie möglich. Und ich nahm mir vor, so schnell wie möglich ein Cello für mich zu kaufen. Diese Ziele hielten mich am Leben, sie minderten meine Verzweiflung, Depression und Suizidgedanken.

Mein Eigentum war geraubt, ich hatte keine Wohnung, keine Geschäftsräume, ich hatte keine Gewerbegenehmigung, ich hatte kein Geld, keine Waren und war nicht kreditwürdig.

Bei der Hamburger Kriminalpolizei war eine Zentralbetreuungsstelle für KZ-Häftlinge eingerichtet worden. Diese arbeitete mit dem Haupternährungsamt und anderen Behörden zusammen. Ich beantragte eine Bescheinigung für mehr Nahrungsmittel, Bekleidung und Unterhalt. Als ich meine Entschädigungsansprüche geltend machen wollte, die mir neben einer höheren Lebensmittelration auch eine Wohnung und Hausrat zusprachen, unterstellte mir der Beamte, ich hätte falsche Angaben gemacht und sei geldgierig. Immer wieder wurde ich von Beamten beschimpft und beleidigt oder als Lügner hingestellt, immer wieder war ich ihren Schikanen ausgesetzt. Sie nannten uns »Schmarotzer«, die von der Gunst der Alliierten oder der internationalen Wohlfahrt lebten.

Die meisten Beamten, die die Wiedergutmachungsanträge bearbeiteten, waren diejenigen, die die jüdischen Vermögen arisiert und einzogen hatten. Wie viel Zeit würde ich benötigen, um das, was ich einmal besessen hatte, auch nur im Ansatz wieder aufzubauen?

Mein Geschäft erhielt ich natürlich nicht zurück. Ich stand wie alle jüdischen Geschäftleute, die überlebt hatten, ganz am Anfang. Alle nichtjüdischen Bürger der Stadt hatten von unserer Verfolgung und Vernichtung profitiert. Deutsche Kaufleute oder Angestellten hatten unsere Geschäfte übernommen, andere waren in unsere Wohnungen und Häuser eingezogen und hatten unseren Besitz zu einem Spottpreis ersteigert. Kein Deutscher und auch kein Hamburger, der sich an uns bereichert hatte, war nach Kriegsende daran interessiert, die Ungerechtigkeiten rückgängig zu machen und dadurch unsere Lebenschancen zu verbessern. Wir waren nichts weiter als ein Ärgernis, weil wir überlebt hatten. Ludwig hatte recht, die meisten Deutschen verabscheuten und hassten die Juden nach wie vor.

Es gab grundsätzlich keinerlei Hilfe für wiedergutmachungsberechtigte jüdische Firmen. Die Handelskammer verlangte sogar von mir, meine kaufmännische Prüfung zu wiederholen.

Eine manische Besessenheit erfasste mich, meinen Plan umzusetzen. Ich hatte schlechte Tage, an denen ich mich von jedem Gruß und jedem belanglosen Gespräch bedroht fühlte, hatte Tage, an denen ich mich nicht traute, die S-Bahn oder Straßenbahn zu nehmen, an denen ich meine Besorgungen abbrach, um meine Ängste im Zaum halten zu können, aber ich ließ mich nicht einschüchtern. Aaron Stern, langjähriger KZ-Häftling, beabsichtigte, sich in Hamburg eine Existenz als Musikalienhändler aufzubauen. Und niemand würde ihn davon abbringen.

Ich hasste nicht. Ich konnte nicht hassen und ich dachte nicht an Rache. Genauso wenig konnte ich lieben. Ich liebte weder mich noch meine Mitmenschen. Ich hatte jegliches Vertrauen verloren. Tausende von Mördern lebten in ihren Berufen und Familien weiter, als wäre nichts geschehen. Ich spürte keinen Impuls, gegen die Deutschen anzukämpfen. Ich konnte es nicht. Ich schaute nicht mehr zurück. Auch später las ich keine Bücher über die Judenverfolgung und sah keine Filme über die NS-Zeit.

Ich lebte in Distanz zu den Deutschen, insbesondere zu der älteren Generation. Bis heute fühle ich so, ich bin nie wieder Deutscher geworden. Und ich habe Deutschland nie wieder als mein Vaterland bezeichnen können. Ich war weder Deutscher noch ein deutscher Jude. Jemand, der nicht in der jüdischen Tradition groß geworden ist, kann sich nicht als Jude fühlen. So war es für mich. Ich war von den Nationalsozialisten zum Jude sein verurteilt worden, und jetzt, nach dem Krieg, musste ich Jude bleiben, um die Toten nicht zu verraten, aber ich fühlte mich nicht als Jude. Ich fühlte mich wie ein junger, über die Maßen gealterter Mann, der in Deutschland lebte. Ich wollte versuchen, in Hamburg mein Leben zu meistern, ohne in Stücke zu zerfallen.

Es blieb etwas Heimisches an mir haften. Ich bemerkte es vor allem an meiner Reaktion, als ich zum ersten Mal wieder den Hamburger Dialekt hörte. Hamburg blieb für mich die Stadt, in der ich geboren wurde, aber sie war keine Heimat mehr für mich. Heimat bedeutet Geborgenheit und Vertrauen, bedeutet, sich sicher zu fühlen. Ich fühlte mich nicht mehr sicher. Und meine Fähigkeit zu vertrauen war und blieb gebrochen.

Heimat war für mich kein Ort mehr. Meine Heimat wurde für mich allein die Musik.

ACHT

Ich musste Geld verdienen, um mein Ziel zu verwirklichen, und versuchte, Arbeit zu finden. Bei den Deutschen war ich nicht willkommen. Welcher Deutsche wollte sich schon mit einem Juden belasten? Welcher deutsche Unternehmer wollte sich jemanden ins Haus holen, der ihm seine eigene Vergangenheit und den Holocaust vor Augen führte. Ich war ein KZ-Überlebender, ein Gezeichneter, einer, dessen Verhalten man nicht einschätzen konnte, der womöglich aggressiv würde oder zu hohe Ansprüche stellte. Aber auch ich wollte vermeiden, bei Deutschen zu arbeiten.

Ich fand Arbeit als Verkäufer bei Steinway & Sons am Jungfernstieg. Meine hohe Qualifikation überzeugte den Geschäftsführer. Mir war klar, dass der karge Lohn niemals ausreichen würde, um ein eigenes Geschäft zu eröffnen, aber es war ein Anfang, und für ein Cello, das ich später auf dem Schwarzmarkt erstand, reichte das Gehalt.

Ohne Helene Bertram wäre ich nicht zurechtgekommen. Ich konnte bei ihr mietfrei wohnen. Sie tat alles, was in ihren Möglichkeiten stand, um mir zu helfen.

Die Wiedergutmachung ließ auf sich warten. Es blieb dabei. Erst 1951 erhielt ich eine Haftentschädigung von fünf Mark für jeden Tag, den ich im Konzentrationslager verbracht hatte. Die Auszahlung erfolgte in Raten.

Helene half mir, mich von den Behörden unabhängig zu machen. Sie bot mir einen unbefristeten Kredit an, mit dem ich mein Geschäft aufbauen sollte. Kurz darauf folgte dann doch noch ein kleines Darlehen, das ich vom Amt der Wiedergutmachung erhielt.

Ich versuchte, alte Musikerfreunde wiederzufinden. Viele traurige Auskünfte blieben mir nicht erspart. So hatte ich vom Internationalen Suchdienst erfahren, dass Jakob Sakom und seine Frau von Einsatzgruppen der SS erschossen worden waren.

Immer wieder fiel ich in eine große Leere, immer wieder raffte ich mich auf und errichtete das Gerüst, oder vielmehr die Rüstung, die ich zum Überleben brauchte, von Neuem. Ich wollte meinen Weg gehen, ich wollte es schaffen, ich wollte mich nicht entziehen. Ich hatte etwas, das stärker war als ich selbst und mich immer wieder aufbaute. Mein Vorhaben. Damit besiegte ich den Tod. Dann half mir noch eine weiterer Gedanke, der mir den Sinn meines Lebens vor Augen führte. Ich war der Einzige, der meine tote Familie auf Erden vertreten konnte, der deutlich machen konnte, dass sie einmal da gewesen war. Ich besiegte den Tod, indem die Toten in mir und durch mich weiterlebten. Sie begleiteten mein Leben.

Ich hatte geeignete Geschäftsräume am Hallerplatz, ganz in der Nähe des ehemaligen Geschäftes, gefunden, die Helene unter ihrem Namen anmietete, weil ich keinerlei Sicherheiten zu bieten hatte. Zu den Geschäftsräumen gehörte eine kleine Zwei-Zimmer-Wohnung mit Küche und Bad, die ich sofort bezog. Sie war in schlechtem Zustand, aber beheizbar und trocken. Ich hatte endlich meine eigenen vier Wände.

Am Tag, an dem ich einzog, fühlte ich mich unendlich einsam. Jahrelang war ich keine Minute lang unbeobachtet gewesen, nicht einmal auf der Latrine. Jetzt war ich plötzlich allein mit meinen Erinnerungen und einer toten Familie. Meine Ängste brachen wieder hervor. Es war nicht die Angst vor der Zukunft, sondern die Angst vor meiner Erinnerung. Wie oft war ich morgens erwacht und streckte die Hand nach Leah aus, aber da war keine Hand zu greifen. Und immer wieder fiel ich in das gleiche Entsetzen darüber, was ihr geschehen war, und dass sie nicht mehr da war. Es brauchte Monate, bis ich den Raum mit Leben statt mit Tod füllen konnte, bis ich mich daran gewöhnte, ein Reich für mich zu haben, einen Ort, an dem ich mich sicher fühlen konnte, so gut es ging. Es dauerte noch Jahre, bis ich den gepackten Koffer, der für eine schnelle Flucht im Kleiderschrank stand, auspackte und wegstellte.

Ich stürzte mich in die Renovierungsarbeiten. Ich lernte, Baumaterial zu organisieren, zu mauern, zu verputzen, zu malen, Regale zu bauen. Ich hatte immer wieder Rückschläge. Doch jeden Morgen stand ich auf – das war das Wichtigste, aufzustehen und den Tag zu beginnen, sich zu waschen und anzuziehen. Ich warf mir kaltes Wasser ins Gesicht, rasierte mich, streifte frische Unterwäsche, Hose und Hemd über. Tag für Tag tat ich das, ich ließ mich niemals gehen. Ich stopfte den Tag mit Aufgaben voll. Und dann schuftete ich gegen alle Anfeindungen, gegen Angst, Verzweiflung und Schuldgefühle an.

Ich war nicht derjenige, der das Schlimmste erlebt hatte, ich hatte meinen Lebenskampf mit dem Cello, mit Musik geführt, ich hatte nicht im Krematorium gearbeitet, ich hatte nicht die Asche und die Knochen der Verbrannten auf dem Gelände der SS ausbringen müssen, ich hatte niemanden ans Messer geliefert, ich hatte niemanden gequält oder geschlagen oder zu Tode gefoltert. Ich hatte zusehen müssen, dass es geschah, aber ich hatte meine Hände nicht mit Blut besudelt.

Ich hatte mich als Musiker in das Grauen einbinden lassen, ich hatte für die Mörder konzertiert, ich hatte mich und die Musik und all die Toten für mein Überleben verraten. Jetzt war es meine Aufgabe, mit Musik die Menschen zu befrieden und sie nie wieder zu missbrauchen. Das war ich allen schuldig, meiner Familie, allen Toten und den Lebenden und der Musik. Mit diesem Gedanken richtete ich mich immer wieder auf. Ich hatte eine Aufgabe.

Der Geruch von Fensterkitt und Mörtel, von Wand- und Lackfarben durchströmte die Räume. Die Dämpfe der Farbe, mit der ich Türen und Fensterrahmen weiß strich, verursachten mir Kopfschmerzen. Sie hielten sich noch über Tage in den Räumen. Der Fußboden war inzwischen abgeschliffen und versiegelt. Es waren Nussbaumdielen, die nun frisch lackiert glänzten.

Als die Arbeiten abgeschlossen waren, schenkte Helene mir eine alte Registrierkasse, bei der ein wunderbarer Klingelton ertönte, wenn sich die Lade öffnete.

Hinter dem Verkauftresen, den ich mittig aufstellte, führte eine kleine dreistufige Treppe abwärts in einen kleinen Raum, den ich als Lager nutzte. Da ich nicht genügend Geld für Waren hatte, begann ich nur mit einem kleinen Sortiment. Ich nahm Kontakt zu Instrumentenbauern auf, die mir ihre Instrumente auf Kommission zur Verfügung stellten. Ein paar günstige Instrumente für Anfänger erstand ich selbst, darunter waren mehrere Flöten und Gitarren, die oft gekauft wurden.

Die Instrumentenabteilung richtete ich im vorderen Ladenteil ein, die Platten stellte ich in die linke hintere Nische, die Noten und Bücher sortierte ich hinten rechts ein. Es gab einen weiteren Raum, der mit dem vorderen Geschäftsraum durch eine Doppelschiebetür verbunden war. Hier wollte ich die kleinen Konzerte stattfinden lassen. Ich besaß noch keine Stühle, aber das würde sich finden. Ich sah schon die Faksimiles mit den Notenschriften großer Meister und die Porträts berühmter Komponisten vor mir, mit denen ich die Wände des Konzertzimmers schmücken würde.

Zunächst konnte ich nur einen gebrauchten Plattenspieler minderer Qualität aufstellen, doch schon bald war es mir möglich, ihn durch eines der neuesten Grundiggeräte mit elektrischem Arm zu ersetzen.

Das Firmenschild ließ ich in der gleichen Art wie das meines Vaters anfertigen, mit dem einzigen Unterschied, dass ich einen modernen Schriftzug wählte.

Mein letztes Geld gab ich für einen roten Läufer aus. Ohne einen roten Läufer wollte ich mein Geschäft nicht eröffnen.

Endlich war es soweit. Der Laden war eingerichtet, die Schaufenster dekoriert. Ich hatte einen betagten Matrizenvervielfältigungsapparat aufgetrieben. Stundenlang legte ich ein Blatt Papier nach dem anderen zwischen Deckel und Tuch des Kastens, drückte das Tuch herunter und bestrich es mit schwarzer Farbe. Bis in die Nacht hinein stand ich an der Maschine. In der Woche vor der Eröffnung verteilte ich die Werbezettel in der ganzen Umgebung, auch in der Jugendmusikschule, in den Gebäuden der Hochschule für Musik und in den Theatern und Konzertsälen der Stadt.

Zur Eröffnungsfeier waren viele Neugierige gekommen. Auch Musiklehrer, Instrumentenbauer und Händler waren unter den Gästen. Die Atmosphäre war angenehm. Die Leute schauten sich im Laden um, nippten von dem Sekt, den Helene besorgt und ausgeschenkt hatte. Ich ließ als Hintergrundmusik Mozarts Violinkonzerte spielen. Ich stand mitten unter den Gästen, Mozart im Ohr, und fühlte mich plötzlich fremd, als wäre es nicht die Wirklichkeit, in der ich mich befand, als wäre alles nur ein Traum, aus dem ich aufwachen würde, ein Traum, der sofort wieder verpuffte. Noch Jahre später ging es mir so. Ich hatte kein Vertrauen zu friedlichen Situationen, weil ich jederzeit befürchtete, jemand würde sie zerschlagen. Ich war nicht in der Lage, in meinem Überleben und neuem Leben eine Gewissheit zu sehen.

Zu späterer Stunde betrat ein ehemaliger deutscher Geschäftsfreund meines Vaters das Geschäft, er hatte sich damals den Nazis angeschlossen. Jetzt tauchte er auf mit den Worten: »So, du bist es also, Aaron, ich dachte, man hätte euch alle umgebracht.«

In der ersten Sekunde konnte ich kein Körperglied rühren. Es war nur ein Augenblick, dann war mein Kopf wieder klar, mein Körper beweglich. Ich fasste Kramer am Ärmel und führte ihn hinaus, völlig ruhig, ohne dass es auffiel. Ich sah das als einen Fortschritt. Ich hatte mich zur Wehr gesetzt und Kramer Hausverbot erteilt.

Immer wieder unternahm ich Werbegänge und verteilte Kärtchen. Es machte mir nichts aus, ich konnte nicht ohne Grund und Ziel spazieren gehen. Ich brauchte Einkäufe, Bankgeschäfte, Treffen mit Händlern, um mich auf die Straße zu wagen. Ein Spaziergang ohne Besorgung machte mir Angst, oder anders gesagt, ich brauchte ein Ziel, um nicht von meinen Ängsten überfallen zu werden. Manchmal war es ein kläffender Köter, der mich zu Tode erschreckte, der mir die Hundemeute im Lager vor Augen bellte und die Menschen, die von ihnen zerfetzt wurden. Dann wieder war es nur ein scheeler Blick, ein Geruch, ein Geräusch, das wie ein Schuss klang, ein versehentliches Anrempeln eines Passanten, das mir Schweiß auf die Stirn trieb. Ich kann mich nicht entsinnen, wann ich das erste Mal angstfrei auf die Straße ging, um zum Vergnügen zu flanieren – oder doch, es war an jenem Tag, an dem das Musikblatt einen lobenden Artikel über mein Geschäft brachte und schrieb, dass sich ein Besuch in diesem gepflegten Musikhaus mit der sehr kompetenten Beratung und den hochwertigen Instrumenten stets lohnen würde. An jenem Tag ging ich in der Mittagspause zur Alster hinunter, aufrecht und ohne Scheu spazierte ich den Uferweg entlang und sah den Schwänen zu. Ich spürte so etwas wie Glück. Es war nur ein kurzer Moment, aber ich hätte nicht erwartet, dieses Gefühl noch einmal zu erfahren.

Die Zeit verging im Rausch der Geschäftsarbeiten und des Wiederaufbaus. Mein Musikhaus begann zu florieren. Wie geplant war es zu einem Treffpunkt für Musikbegeisterte geworden. Immer wieder veranstaltete ich kleine Konzerte im Laden, bei denen sich Lehrer und Schüler vorstellen konnten.

Ich arbeitete von früh bis spät. Ich versuchte, alle Grübelei zu unterdrücken und keinen Raum für Erinnerungen zu lassen. Nach Geschäftsschluss schrieb ich Bestelllisten oder kümmerte mich um die Buchführung. War das erledigt, hörte ich mir die neuen Platten an, die hereingekommen waren, oder studierte Partituren. Ich vertiefte mich in Klänge.

Zum Abschluss des Tages holte ich mein Cello hervor und übte. Ich ging erst zu Bett, wenn ich mich bleimüde fühlte, aber auch das half nicht immer, schlaflosen Nächten mit ihren Gedanken zu entkommen, Nächte, in denen mich jedes Geräusch ängstigte, ein Rauschen in der Heizung, das Ticken der Standuhr, das Knacken der Holztreppe.

Der Schlaf war nicht erholsamer. Ich redete mir ein, weniger Albträume zu haben, wenn ich bis zur Erschöpfung arbeitete. Das war Unsinn. Die Albträume kamen, wie es ihnen passte. Mancher Traum wirkte so sehr nach, dass ich den folgenden Tag dumpf und benommen im

Geschäft stand. Doch ich arbeitete. Die Arbeit und die Musik halfen mir immer wieder, mein Leben zu sichern.

Eine Angewohnheit blieb über Jahre. Ich konnte nicht mehr essen, ohne alles in mich hineinzuschlingen. Die Erfahrung, fast verhungert zu sein, die Angst, nicht genug zu essen zu haben, ließ mich nicht mehr los. Als es immer mehr zu essen gab, hatte ich das Maß verloren. Satt zu sein bedeutete für mich, ein Völlegefühl mit Magendruck zu spüren. Manchmal bemerkte ich mitten beim Essen die Gier, mit der ich alles verschlang, bemerkte, dass ich kaum Zeit zum Kauen fand und sich zu große Essenbrocken die Speiseröhre hinunter schoben. In einem solchen Moment schämte ich mich, aber es passierte mir immer wieder. Selbst bei einem Restaurantbesuch gelang es mir nur schwer, langsam zu essen.

Noch etwas blieb an mir haften. Es war meine Lagernummer. Ich hatte sie mir entfernen lassen, aber die Narbe, die vom Herausbrennen blieb, verdeckte die Zahlen nicht. Wenn ich auf meinen Arm blickte, las ich die Nummer, die in meine Haut eingeritzt war, durch das Narbengewebe hindurch. Das ist bis heute so.

Ich erhielt einen Brief von Ludwig. Er schrieb, er würde aus Israel auswandern. Es war ihm nicht gelungen, dort heimisch zu werden. Sobald er israelitischen Boden betreten hatte, war er direkt vom Schiff aus für den Militärdienst rekrutiert worden. »Ich wollte nie Soldat werden«, sagte er, »ich bin Musiker.« Die Araber hätten in Israel schreckliche Lebensumstände, er könne das nicht mehr mit ansehen. Sie würden beschimpft und verjagt, Kinder und Frauen getötet,

Israel schüre den Hass. »Warum können wir nicht in Frieden miteinander leben?«, fragte er. Er würde keine Waffe gegen einen Araber richten, so sehr er auch für alle Juden einen sicheren Platz zum Leben wünsche. Mit Gewalt und Krieg, schloss er, ginge es jedenfalls nicht. »Du hast recht gehabt, Aaron, es ist alles Wahnsinn.«

Nichts war so eingetroffen, wie er es sich erhofft hatte. Ihn entnervte der Kibbuz mit seinen spartanischen Lebensbedingungen, und der ständige Gruppenzwang engte ihn ein.

»Man bestraft mich dafür, dass ich deutscher Jude bin. Ich darf meine Sprache nicht sprechen. Ich höre nichts anderes mehr als Vaterlandsstolz, Patriotismus, Israel, Israel.«

Ich riet ihm zurückzukommen und bot ihm an, bei mir zu wohnen und zu arbeiten.

»Niemals werde ich nach Deutschland zurückkehren. Ich begreife nicht, wie du dort leben kannst«, war seine Antwort.

Ludwig hatte eine Möglichkeit gefunden, in die USA auszuwandern. Zunächst fand er Arbeit als Musiker in einem der vielen Jazzkeller von New York. Später spielte er in einem der berühmtesten Jazz-Ensembles der Stadt. Ich besorgte mir jede Platte, die die New-York-Swingers herausbrachten.

Ludwig hatte seinen Platz gefunden. Und wie sah es mit mir aus? Ich geriet noch einmal ins Wanken über meine Entscheidung, in Deutschland geblieben zu sein. Ich hatte viele junge Musiker um mich versammelt, ich hatte Fuß gefasst, trotz aller Hürden, die mir in den Weg gelegt worden waren, aber wie fühlte ich mich? Immer wieder war ich mit unterschwelligem und offenem Antisemitismus konfrontiert. Jüdische Friedhöfe wurden nach wie vor verwüstet. Die Gebäude der jüdischen Gemeinden mussten bewacht werden, ein Tatbestand, der auch heute noch gilt.

Damals brach ich diese Überlegungen aus Selbstschutz ab. Ich hielt mich am Leben. Ich hatte mein Geschäft aufgebaut, ich hatte einen Lebenssinn, so war es, das hielt mich. Ich tat das, was ich tun wollte, mehr verlangte ich nicht mehr.

Kurz nachdem Ludwig mein Angebot abgelehnt hatte, stellte ich einen jungen Mann namens Daniel als Verkäufer ein. Daniel war Musikwissenschaftler und spielte Klavier. Ein Mitarbeiter der Hochschule hatte ihn mir empfohlen. Daniel hatte die NS-Zeit in einem Kellerversteck in Barmbek überlebt. Er wurde meine rechte Hand und große Stütze.

NEUN

Ich weiß nicht, wie ich das, was nun geschah, in Worte fassen soll.

Ich räumte gerade einige Partituren ins untere Regal, als sich die Ladentür öffnete, und ich das Klingeln der Glöckchen hörte. Ich erhob mich aus der gebückten Haltung und drehte mich um. Ich spürte, wie mir die Farbe aus dem Gesicht wich, ich ging fast in die Knie und musste mich am Tresen abstützen. Leah, dachte ich, es ist Leah.

Das Mädchen bemerkte meine Schwäche.

»Ist Ihnen nicht gut? Kann ich etwas für Sie tun?«

»Danke, es geht schon wieder, es ist nur der Kreislauf«, stotterte ich.

Die Haare, die Gesichtszüge. Ich sah den Leberfleck oberhalb des linken Mundwinkels, genau an der Stelle, an der er bei Leah gewesen war. Dieses Mädchen war kein Doppel, wie die Natur sie manches Mal schuf, es war Alma, es musste Alma sein, wer sonst konnte diesen Leberfleck haben. Eine Verwechslung war ausgeschlossen. Ich rechnete. Alma wäre jetzt 19 Jahre alt. Dieses Mädchen war in ihrem Alter.

Es war Alma, sie lebte, sie stand vor mir. Träumte ich? Meine Tochter Alma, *Alma*. Mich schwindelte vor Erregung. In mir war der Impuls, auf sie zuzulaufen und sie zu umarmen. Das durfte ich auf keinen Fall tun. Sie wäre fortgelaufen, natürlich wäre sie fortgelaufen und hätte mich für verrückt erklärt.

Ich räusperte mich.

»Was kann ich für Sie tun?«, fragte ich im Bemühen, meine zitternde Stimme zu beruhigen.

»Ich hätte gern das Etüdenheft Nummer 6 für Violoncello von Jakob Sakom«, sagte sie, »und die Sonate für Cello solo op. 8 von Kodály.«

Ich stand vor ihr wie narkotisiert. Sie spielte Cello! Das war alles nur Fantasie. Ich fantasierte, ich befand mich in einem Fieberwahn. Meine Gedanken verwirrten sich.

»Ist wirklich alles in Ordnung?«, fragte sie. Ihre Stimme war hell mit einem härteren Anschlag der Konsonanten.

»Danke, ja.« Ich riss mich zusammen. »Sie spielen also Cello ... Heft 6 von Sakom ... habe ich da, die Sonate von Kodály kann ich Ihnen bestellen. Sie ... sie müsste Anfang nächster Woche da sein, also, wenn Sie Dienstag wieder hereinschauen ...« Ich atmete durch, mein Herz hämmerte. »Wenn Sie Telefon haben, rufe ich Sie gern an, sobald die Noten eingetroffen sind.«

»Danke, ich komme am Dienstag und hole sie ab«, sagte sie.

Sie drehte sich zum Gehen um.

Schnell rief ich: »Auf welchen Namen soll ich die Noten zurücklegen?«

»Auf Eva Lohse, bitte.«

»G-g-gut«, stotterte ich.

»Auf Wiedersehen«, hörte ich sie sagen.

Die Tür fiel ins Schloss. Ich sank auf einen Klavierhocker. Mir war übel. Daniel kam mit einem Kunden aus dem Schallplattenraum und sah mich gekrümmt da sitzen. Er lief auf mich zu und fragte mich, ob er einen Arzt rufen solle. Ich lehnte ab, kam wieder etwas zu mir und bat ihn, den Laden für den Nachmittag zu übernehmen, damit ich mich ein wenig hinlegen könne.

Ich floh in meine Wohnung und fiel aufs Sofa. Ich lag da, das Gesicht in den Händen vergraben, ich hörte mich schluchzen und stöhnen, als käme es von weit her. Ich hatte Schmerzen am ganzen Körper, so groß war der Druck, der auf mir lastete. Leah, Alma, Alma, Leah. Die Bilder schoben sich ineinander. Ich sah plötzlich Leah, über die sich das Bild ihrer verkohlten Leiche im Draht schob. Ich schrie auf. Das Bild von Alma drängte sich wieder in den Vordergrund. Immer wieder sah ich sie vor mir, jede Sekunde dieser Begegnung zeichnete ich im Geiste nach. Jede Geste, jede Mimik, jedes Wort, ihren Geruch, ihre Kleidung versuchte ich zu erinnern. Warum heißt sie Eva Lohse? Der Leberfleck, immer wieder stierte ich im Geiste auf den Leberfleck. Er war der Beweis. Dieses Mädchen war meine Tochter. Auch wenn sie jetzt Eva Lohse und nicht Alma Bernstorff hieß. Vielleicht war sie bereits verheiratet, nein, das war unwahrscheinlich, jemand musste sie adoptiert haben, aber warum stand sie nicht auf der Liste der Überlebenden der »Gustloff«? »Niemand weiß, was die Kleinen erlebt haben«, hörte ich die Rotkreuzschwester sagen. Alma ist meine Tochter, auch wenn sie einen anderen Namen hat. Eva ist Alma. Sie ist meine Tochter!, dachte ich, aber was half es mir? Was konnte und sollte jetzt geschehen?

Sie wusste nichts von mir, gar nichts. Ich geriet in ein Gedankenchaos, das mich immer stärker in meine Vergangenheit zog und auf eine vernichtende Reise schickte.

Ich musste Alma vor mir selbst, vor meiner Vergangenheit schützen. War ich nicht ihr ärgster Feind, war ich es nicht, der ihr ganzes Leben und ihre Seele auf den Kopf stellen würde, wenn ich mein Schweigen brach? Musste ich dieses Mädchen nicht beschützen vor seinem Vater, durfte ich ihr meine Vergangenheit zumuten, sie damit belasten, ihr meine Erlebnisse schildern, sie aus dem Glauben reißen, Deutsche zu sein und sie darüber aufklären, dass ich ihr jüdischer KZ-Vater war? Und dass ihre Mutter in den Draht gegangen war? Kann man das seiner Tochter zumuten? Darf man es? Schweig, Aaron, und lass dieses Mädchen sein Leben leben und seine Musik spielen. Lass sie unbeschwert mit ihren Freunden ausgehen, bürde ihr nicht dein Leben auf, gib nicht deine Ängste an sie weiter, tönte es in mir. Selbst wenn ich mich entschiede zu sprechen. Wie könnte ich jemals die Worte finden? Ich kenne keine angemessene Sprache, um Unmögliches zu erzählen. Ich bin sprachlos, unfähig zu erzählen … Aber eine ganze Generation jüdischer Kinder ist ausgelöscht worden. Und Alma lebt, ohne zu wissen, dass sie jüdische Eltern hat. Hat sie nicht ein Recht darauf zu wissen, woher sie stammt? Aber indem ich ihr alles erzähle, mache ich sie zur Augenzeugin allen Gräuels und stehle ihr ihre Identität. Was richte ich an damit? Ich zerstöre Alma. Sie hat gar keinen Bedarf, es zu erfahren. Sie will und braucht keine Veränderung. Sie ist das, was sie ist. Sie ist die, die sie ist. Sie will es nicht wissen, sie will bleiben, was sie ist. Sie will lachen, unbeschwert sein, sie will Cello üben und mit Freunden ausgehen.

Was ich auch dachte, ich bebte vor Ungeduld, sie wiederzusehen, auch wenn ich überhaupt nicht wusste, wie ich mit dieser Situation umgehen sollte.

Den ganzen Dienstag lungerte ich am Fenster. Ich tat so, als müsste ich Instrumente zurechtrücken oder neu platzieren.
 Alma kam erst am Nachmittag. Sie stand auf der anderen Straßenseite und wartete auf eine Gelegenheit, die Straße zu überqueren. Immer wieder ging ihr Blick von links nach rechts. Zeitweise war sie von vorüber fahrenden Wagen verdeckt. Dann ergab sich eine Lücke im Verkehr. Sie überquerte die Straße im Laufschritt. Ihre Tasche wippte in ihrer Hand. Die Haare, sie trug sie an jenem Tag offen, flogen im Wind auf. Ich verscheuchte das aufkommende Bild einer kahl geschorenen Leah, das mich um meinen Verstand zu bringen versuchte.

Sie trat ein, strich sich die Haare aus dem Gesicht. Sie lächelte. Genauso wie Leah, der rechte Mundwinkel stand höher als der linke.
 »Guten Tag«, rief sie, noch in der Tür stehend, »sind die Noten da?«
 Ich ging auf sie zu, ich begrüßte sie mit Handschlag. Ich hatte keine Erklärung dafür. Auch ihr kam es zumindest altmodisch, wenn nicht sogar befremdlich vor, so schien es mir, aber sie lächelte ihr Leahlächeln. Es war

die erste körperliche Berührung zwischen meiner Tochter und mir. Der leichte Druck, den ihre Hand in der meinen ausübte, war weich, aber nicht schlaff. Schon war es vorbei. Meine Hand glühte und pulsierte ebenso wie mein Herz.

Ich holte das Notenheft.

»Hier ist die Sonate von Kodály. Sie ist aber sehr schwierig zu spielen. Man verrenkt sich fast die Finger daran.«

Alma blickte erstaunt auf.

»Spielen Sie auch Cello?«

»Nun, früher habe ich intensiv gespielt. Heute spiele ich nur noch für mich.«

Mir wurde unbehaglich. Ich begann zu schwitzen. Warum erwähnte ich das?

»Jakob Sakom war mein Lehrer«, sagte mein anderes Ich.

»Sie haben bei Jakob Sakom studiert? Das ist ja fantastisch!«

Almas Augen leuchteten.

»Haben Sie damals konzertiert? Ich habe Ihren Namen nie gehört.«

Ich schwieg. Ein Kloß schob sich in meinen Mund. Ich schluckte und sagte, ich hätte mich für den Musikalienhandel entschieden. Cello spielte ich nur als Amateur.

Es entstand ein Gesprächspause. Frag sie etwas, frag sie irgendetwas, forderte ich mich auf, frag sie nach ihrer Lieblingsmusik, nach ihren Lehrern. Sie soll nicht gehen. Frag sie, ob sie in der Nähe wohnt, wo sie zur Schule gegangen ist, ob sie schon immer in Hamburg wohnt, bekomme irgendetwas über sie heraus … Alma kam mir zuvor. Sie lud mich zu einem Konzert in der Hochschule ein, das am kommenden Freitag stattfinden sollte. Sie kramte in ihrer Tasche, ließ mir eine Ankündigungskarte da und bat mich, sie ins Fenster zu hängen.

»Auf dem Programm stehen Werke von Julius Klengel«, sagte sie.

»Auch ich habe zahlreiche seiner Stücke und Etüden gespielt.«

»Ach wirklich?«

»Bevor Jakob Sakom nach Hamburg kam, hatte er mehrere Jahre bei Klengel in Leipzig studiert.«

»Das wusste ich nicht.«

»Er hatte seinen Lehrer übertroffen. Als in Hamburg die Uraufführung der Sonate für Violoncello und Klavier von Max Reger stattfand, die dieser Klengel gewidmet hatte, spielte Jakob Sakom das Stück, weil es Klengel zu schwer erschien.«

Ich sah in ihr überraschtes Gesicht.

»Und Sie haben wirklich bei Sakom studiert?«

»Ja, auch Piatigorsky war ein Schüler von Klengel gewesen, wussten Sie das?«

»Nein. Dann lohnt es sich wohl wirklich, Klengels Stücke zu üben.«

Ich musste schmunzeln.

»Ich komme sehr gern zu Ihrem Konzert. Natürlich werde ich auch die Ankündigung aushängen«, sagte ich.

ZEHN

Ich saß im Publikum. Klengels Variationen und Improvisationen für vier Celli, Suiten für zwei Celli, Soli sowie sein berühmter Hymnus für zwölf Celli standen auf dem Programm.

Die Studenten traten mit ihren Instrumenten auf die Bühne. Ich hatte nur Augen für Alma. Sie trug einen schwarzen Anzug, darunter eine weiße Stehkragenbluse, deren oberste Knöpfe bis zum V-Ausschnitt des Jacketts geöffnet waren. Eine silberne Kette mit einem silbern eingefassten schwarzen Schmuckstein, vermutlich Onyx, hing um ihren Hals. Ihr Haar hatte sie zu einem Zopf geflochten, der von einer schwarzen Samtschleife gehalten wurde. Die Haarfarbe schien sich auf dem rotgolden glänzenden Parkett der Bühne widerzuspiegeln.

Alma ging auf ihren Platz zu. Ihr Gang war selbstbewusst und zielgerichtet. Sie kokettierte nicht mit ihrer Schönheit, sie machte den Eindruck, als wolle sie dem Publikum verdeutlichen, dass es ihr um die Musik ging, nicht um weibliche Anmut oder schöne Kleider.

Sie setzte sich. Allein durch die Art, wie sie das Cello hielt, und während der ersten Bogenstriche des Stimmens hatte ich das Gefühl, als wäre sie mit dem Cello verschmolzen. Es ging eine außergewöhnliche Intensität von ihr aus, die mich sofort glauben machte, sie sei eine große Musikerin.

Die ersten Stücke erklangen. Almas spielte Cello in einer Art, die mich stark berührte. Ich konnte es kaum erwarten, ihr Solo zu hören.

Nach der Pause war es soweit. Sie trat auf die Bühne und bereitete sich auf das Spielen vor. Ihr Gesicht war ernst und konzentriert. Ich war sicher, sie würde ihre Sache gut machen, doch plötzlich riss mich eine ihrer Bewegungen aus meiner Zuversicht. Alma wischte sich die Hand an der Hose trocken. Auch sie litt an feuchten Händen! Bei mir bedeuteten feuchte Hände starkes Lampenfieber. In dem Moment, in dem meine Hände mit einem Schweißfilm überzogen waren, konnte ich nicht mehr glauben, dass meine Hände sichere Griffe und Bogenstriche setzen könnten, und meine Angst wuchs, die Finger könnten auf den Saiten ausrutschen oder der Bogen mir entgleiten. Alma hatte Klengels »Caprice in Form einer Chaconne nach einem Thema von Schumann« zu spielen. Das war kein einfaches Stück, sie brauchte Beweglichkeit, es war ein abwechslungsreicher Tanz, den sie zu spielen hatte. Was, wenn sie ihre Aufregung nicht bändigen könnte, wenn ihre Finger sich verliefen? Ich versuchte, mich zu beruhigen. Auch ich hatte gelernt, mein Lampenfieber zu überlisten.

Alma saß hinter ihrem Cello, ruhig jetzt, wie eine Statue, nein, nicht starr, eher wie ein in sich versunkener tibetanischer Mönch. Sie hielt die Augen geschlossen. Die Stille im Raum füllte sich mit Anspannung. Dann zuckte der Bogen auf, und ihr Spiel begann. Nichts erschien unsicher, Bogen und Griffe waren klar und präzise platziert. Sie nahm die schwierigen Lagenwechsel spielerisch, sie spielte ein kleines Feuerwerk, sie versprühte Funken. Meine Ängste waren verflogen. Sie entlockte dem Instrument Klänge, die mich verzauberten. Da waren eine Intensität und Sicherheit in ihrem Spiel, eine Leidenschaft und Verbundenheit mit dem Instrument, die mir den Atem raubten. Alma spielte so, wie ich es selbst nie gekonnt hatte. Die Klänge kamen aus den Tiefen ihrer Seele, es war ein Spiel, das man nicht durch Üben erlangen konnte, ihre Seele tanzte in der Melodie, in den Bogenschwüngen. Sie spielte rein und unverdorben, allein um der Musik willen. Sie ging in ihr auf. Alma ließ ihr Cello singen, so wie Jakob Sakom es sich gewünscht hatte. Sie selbst war das Cello. Sie war eingesponnen in das Universum der Töne, es gab keine Grenze zwischen ihr und dem Instrument. Ich spürte das, ich spürte, wie Alma eins war mit ihrem Instrument, spürte, wie ihr Körper sich weitete zur Unendlichkeit, die sich, sobald sie den Bogen ansetzte und zu streichen begann, auf den Klang übertrug. Sie atmete und spielte das Leben. Es war überall zu hören, es brodelte in Unter- und Obertönen, in jedem Takt erklang dieses vitale Brausen. Es war meine Tochter, die dort saß, meine Tochter! Ich wünschte mir plötzlich, sie in die Arme zu schließen, meine Tochter väterlich in die Arme zu schließen.

Alma endete mit einem schwungvollen Bogenstrich. Den Bogen in der Luft haltend, saß sie noch eine Weile, ohne sich zu bewegen, mit geschlossenen Augen. Noch innig in ihrer Musik verhaftet, hielt sie auch das Publikum im Bann der Klänge, die den Raum erfüllt hatten.

Erst als Alma den Bogen senkte und aus ihrer Meditation erwachte, brachen die Zuhörer in tosenden Applaus

aus. Alma erhob sich, das Cello in der einen, den Bogen in der anderen Hand, sie verbeugte sich bescheiden, ohne jede Arroganz und Überheblichkeit.

Es folgte eine kleine Suite für drei Celli, die ich kaum wahrnahm. Zum Abschluss spielten die Studenten Klengels Hymnus für 12 Celli. Ich betrachtete Alma in dem Ensemble, ihre Freude und Gelöstheit übertrug sich auf mich.

Jäh fiel ich ins Dunkel zurück. Niemals werde ich ihr mein zerbrochenes Leben aufbürden, niemals!, schrie es in mir. Niemals werde ich mich ihr als ihr Vater offenbaren. Sie würde vom Schock über ihre Herkunft aufgezehrt und vernichtet werden. Ich darf sie niemals mit meinem Leben, mit meiner Vaterschaft konfrontieren. Warum sollte ich ihr die Wahrheit sagen? Meine Tochter brauchte mich nicht. Sie hatte mich nie gebraucht. Sie war bei anderen Menschen aufgewachsen. Sie hatte andere Eltern. Sie kannte mich nicht als ihren Vater, sie vermisste mich nicht als ihren Vater. Sie wünschte sich so einen Vater nicht! Ich würde nur Fremdheit und Entsetzen auslösen. Es war meine Pflicht, Alma vor allem zu beschützen, sie vor mir selbst zu beschützen und ihr Leben, dass sie sich aufbaute, zu retten.

Der Druck, der in mir wuchs, war unerträglich, denn ich war nicht ehrlich zu mir. Es ging nicht nur um Almas Leben, ich hatte auch Angst zu sprechen, weil ich fürchtete, Almas Zuneigung zu verlieren. Ich wollte sie nicht verlieren, wo ich sie doch gerade erst gefunden hatte. Ich konnte es doch nicht aufs Spiel setzen und sie womöglich verjagen, verschrecken und den Bruch zwischen uns bewirken. Ich hätte das nicht ausgehalten. Und außerdem, wer war ich denn, was wagte ich zu behaupten, ich hatte ja nicht einmal Beweise. Vielleicht wäre ich in ihren Augen nur ein Verrückter mit Wahnvorstellungen.

Ich brach meine Selbstzerfleischung ab. Ich beschloss, ein für alle Mal zu schweigen. Ich wollte Alma nicht verlieren, ich wollte sie nicht verletzen, ich wollte ihr Leben nicht ins Wanken oder gar zum Einsturz bringen.

ELF

Die Wochen vergingen. Alma und ich wurden Freunde. Wenigstens das wollte ich mit ihr leben. Ich wollte sie als Freund gern haben, sie begleiten und stützen dürfen. War das zu viel verlangt?

Wir trafen uns, um über Musik zu sprechen oder Musik zu hören und zu analysieren. Sie hatte sich im Cello-Spiel ganz der klassischen Musik verschrieben, doch wenn aus dem Radio Unterhaltungsmusik erschallte, wippte sie zu den Schlagern oder sang mit. Ich konnte ihre Fröhlichkeit nur schwer ertragen, sie erinnerte mich so sehr an Leah.

Ich musste Alma ständig über meinen Unterricht bei Jakob Sakom berichten und ihr alles, was ich bei ihm gelernt hatte, weitergeben. Wir spielten zusammen im Duett. Wir genossen den belebenden Austausch. Ich verging vor väterlicher Liebe zu ihr, aber ich musste mich damit begnügen, Alma ein Freund und dafür dankbar zu sein, ein Stück Leben mit ihr teilen zu können.

Ich besuchte viele ihrer Konzerte. Auch bei Wettbewerben fieberte ich im Publikum mit. Als sie einen der wichtigsten Wettbewerbe gewann, sprang ich von meinem Stuhl und platzte vor Freude und Stolz. Aber immer wieder brach ich ein, und die Trauer über meine Situation als geheimer Vater übermannte mich.

Unsere Freundschaft gewann immer mehr an Intensität, diese Intensität ging insbesondere von Alma aus. Ich war Alma nie zu nahe getreten. Ich liebte sie als Vater. Doch sie wusste ja nichts von ihm, dem Vater, der ich war, sie kannte nur den Freund in mir. War ich wirklich ein Freund? Ich belog sie, indem ich schwieg. Immer wieder sah ich meine Tochter vor mir und wünschte mir, ich hätte sie von klein auf begleiten können. Ich fantasierte und stellte mir Szenen ihrer Kindheit vor, in denen ich an ihrer Seite war. Sie erspürte meine Zuneigung. Es folgten innige Blickwechsel zwischen uns. Ich wusste, welcher Gleichklang in uns schwang und uns anzog. Alma wusste es nicht.

Eines Tages fasste ich den Entschluss, Alma ein Cello zu Weihnachten zu schenken, das ihrer Virtuosität würdig war. Einerseits fühlte ich mich bei diesem Gedanken wie ein Vater, andererseits sollte das Geschenk meinen Willen untermauern, mich niemals als ihr Vater zu erkennen zu geben. Das Cello sollte ein Symbol für Almas selbstständiges Leben sein.

Der Kauf eines der wertvollen alten Violoncelli überstieg meine finanziellen Möglichkeiten. Ich nahm Kontakt zu einem der besten Cellobauer auf. Dieser riet mir, Alma mitzubringen. Er würde sie gern spielen hören, um ein Instrument zu bauen, das genau auf sie abgestimmt war. Ich sagte, er hätte natürlich recht und ich würde darüber nachdenken. Ich wusste bereits in diesem Moment, dass ich zu weit ging mit diesem Geschenk. Ich unterließ es schließlich, ihr ein Cello bauen zu lassen.

Wir hatten eine gute Zeit, obwohl ich stets unter Anspannung stand. Alma war eine sensible junge Frau, sie spürte den Druck, der auf mir lag. Sie las ihn in den Worten, die ich nicht aussprach. Ich hatte einen jüdischen Namen. Sie dachte sich ihren Teil, vermutete wohl, dass ich im Lager gewesen war. Sie war so rücksichtsvoll, mich niemals danach zu fragen. Aber sie dachte nicht eine Sekunde daran, dass ich ihr Vater sein könnte. Wie sollte sie?

Sie wusste nicht einmal etwas von Gerda und Martin Bernstorff. Sie hatte keinerlei Erinnerung an sie. Auch nicht an das Schiff. Es war alles ausgelöscht in ihr. Ich hatte es versucht, hatte zaghaft ihre Namen ins Gespräch eingeflochten und den Namen des Schiffes erwähnt. Es kam keine Reaktion. Nichts. Zweimal nannte ich Eva aus Versehen Alma. In jenem Moment glaubte ich eine Flackern der Erinnerung in ihren Augen zu bemerken. Doch vielleicht war es auch nur Einbildung.

Die Lohses hatten nichts gegen unsere Freundschaft. Ich war inzwischen ein angesehener Mann in der Musikbranche und unterstützte viele Talente. Dafür war ich bekannt. Niemand vermutete das, was mich mit Alma verband.

Unser Verhängnis begann, als Alma … Ich bemerkte es an ihren Blicken, an dem Wunsch, mich zu berühren, sich bei mir einzuhaken, mich zu umarmen, mir Küsschen auf die Wange zu geben. Ich will sagen, ich bemerkte es, und dennoch ließ ich es geschehen. Ich hätte sogleich mit ihr reden müssen. Ich konnte nicht, ich konnte es nicht! So lange es bei den harmlosen Berührungen blieb, schwieg ich, ich genoss ihre Liebkosungen, ich genoss sie als Tochterliebe, aber im Hintergrund wusste ich, dass Alma sich in mich, den Freund, verliebt hatte. Ich habe ihre Liebkosungen niemals erwidert. Aber ich habe ihr auch nicht die Wahrheit gesagt.

Es begann bei dem Wettbewerb, den sie gewann. Sie war sehr nervös gewesen. Bevor sie sich auf ihren Platz in der ersten Reihe setzte, dort, wo die anderen Teilnehmer saßen und auf ihren Auftritt warteten, drückte sie mir auf eine Weise die Hand, die mich hätte aufmerken lassen sollen. Als sie schließlich den ersten Preis gewann und sie überströmte vor Glück, umarmte sie mich auf eine Art und Weise, die mich beschämte.

Heute denke ich, dass ich vielleicht, ohne es zu bemerken, auf das, was dann geschah, hingearbeitet hatte, um mein Sprechen zu erzwingen, um eine Situation zu schaffen, in der es kein Zurück mehr gab, in der ich keine Wahl mehr hatte. Vielleicht habe ich darauf gewartet und unmerklich dazu beigetragen, um endlich mit der Wahrheit hervorzubrechen ohne Möglichkeit des Rückzugs.

Es kam der Tag, an dem wir Schallplatten hörten. Ich weiß es noch genau, wir hörten die Suite in g-Moll von Antonini, als Alma sich auf meinen Schoß zu setzen versuchte, um mich zu küssen. Ich sprang von meinem Sessel und schrie: »Nein, das geht nicht!«

Alma zitterte. Dann offenbarte sie sich mir.

»Ich liebe dich, Aaron, ich wollte es dir schon lange sagen.«

Ich hatte plötzlich eine vollkommene Leere im Kopf. Weiße Balken zogen durch mein Gehirn. Es begannen Schauer durch meinen Körper zu rieseln. Sie strömten vom Kopf ausgehend durchs Herz und schossen Brust und Rücken hinunter bis in die Beine. Ich muss erzählen, es ist die zwingende Konsequenz. Was geschieht hier? Sie ist meine Tochter! Sie muss sofort wissen, dass ich ihr Vater bin, jetzt, in diesem Moment. Ich bemühte mich, meinen Schüttelfrost und mein Zähneklappern zu unterdrücken. Mein wie wild pochendes Herz ließ sich nicht besänftigen. Sprich, rief ich mir zu, sprich doch! Aber ich schwieg.

Ich bekam Schluckbeschwerden. Mein Kehlkopf schwoll an. Wie ein Cello, das lange geschwiegen hatte, brachte ich überhaupt keinen Ton heraus. »Man muss wieder Leben in so ein Instrument hineinbringen«, hörte ich Jakob Sakom rufen. »Du musst das Schweigen in Klang verwandeln.«

Alma bekam Angst.

»Was hast du?«, fragte sie. »Ist dir nicht gut? Soll ich dir ein Glas Wasser holen?«

»Nichts, es ist nichts«, log ich. Sie war schon aufgesprungen und kam mit dem Wasser zurück.

»Du bist leichenblass, soll ich einen Arzt rufen?«

»Nein, bitte lass, es geht schon wieder.«

Ich trank ihr zuliebe von dem Wasser. Im Raum tönte immer noch die Musik. Ich riss die Nadel von der Platte. Mehrmals versuchte ich, zum Sprechen anzusetzen, holte Luft, aber danach verschloss sich mein Mund wieder. Ein Herzinfarkt würde das Problem lösen, dachte ich plötzlich. Ich stieß ein paar Räuspertöne aus, so, als hätte ich einen Speiserest im Hals stecken.

»Alma«, raunte ich mit verengtem Hals, »ich muss dir die Wahrheit sagen.«

Sie blickte mich an. Sie sagte nichts, in ihren flackernden Augen jedoch las ich: Welche Wahrheit, Aaron? Mein Mund öffnete sich und sagte:

»Es wird nicht leicht sein. Für uns beide nicht leicht.« Ich rang nach Luft. »Wie soll ich beginnen, es dir erklären ...«

Ich weiß nicht, wie lange wir in der Glocke des Schweigens beisammen saßen. Ich wartete, ich wartete auf die Wörter, wartete auf eine Sprache, die mir das Sprechen ermöglichte. Auch Alma wartete. Sie erspürte die Tragik dieses Moments.

Ich begann zu erzählen. Alma hörte zu wie eine Statue. Sie regte sich nicht, bis ich alles gesagt hatte. Unheilvolles Schweigen lag im Raum. Alma begann zu zittern, plötzlich sprang sie auf und schrie »Lügner!«, dann warf sie Schallplatten und alles, was greifbar war, nach mir. »Lügner, du lügst!«, schrie sie wieder. Sie wusste natürlich, dass ich mir eine solche Geschichte nicht ausgedacht haben konnte. Sie spürte die Wahrheit, und das warf sie in den Abgrund. Ich stand da, schützte mich mit erhobenen Armen vor den Gegenständen, die mir entgegen flogen und ihre Hilflosigkeit und Verzweiflung sichtbar machten. Schließlich stürzte Alma aus der Wohnung. Der Gedanke, sie vielleicht niemals wiederzusehen, schnürte mir die Brust zu. Sofort bekam ich panische Angst, Alma könne sich womöglich etwas antun. Ich rannte ihr nach. Ich sah sie auf dem Gehweg, immer wieder rief ich ihren Namen. Sie überquerte die Straße, nur knapp an einem Automobil vorbei, ich lief hinterher, Bremsen quietschten ... Endlich hatte ich sie erreicht. Ich hielt sie am Arm fest.

»Lass mich los, fass mich nicht an!«, schrie sie. Ein Polizist, der die Szene beobachtet hatte, kam hinzu. Ich ließ von ihr ab. Alles, was ich tun konnte, war, den Polizisten zu bitten, Alma nach Hause zu begleiten, da es ihr nicht gut ginge. Dann drehte ich mich um und lief fort, fort von meiner Tochter, die mich nicht wollte.

ZWÖLF

Sie war fort. Und dennoch fühlte ich die Richtigkeit dessen, was ich getan hatte. Den einzigen Vorwurf, den ich mir machte, war, nicht den Mut gehabt zu haben, ihr viel früher die Wahrheit zu sagen.

Nein, so war es nicht. Ich hätte am liebsten alles rückgängig gemacht. Immer wieder trat mir die Möglichkeit vor Augen, dass ich ihr schlicht hätte sagen können, sie nicht zu lieben, dass sie mir eine sehr gute Freundin sei, aber ich keine Liebe zu ihr verspürte. Wenn sie nicht zurückkommt, dachte ich im gleichen Moment, will ich nicht mehr leben, dann mache ich Schluss.

Ich war außerstande, meine Arbeit zu tun. Oft begann ich ohne Vorwarnung zu zittern, als hätte ich Schüttelfrost. Tatsächlich fühlte ich mich fiebrig. Immer wieder blickte ich durch das Schaufenster und wünschte mir, Alma zu sehen, wie sie auf das Geschäft zukam, wie sie auf mich zukam, wünschte mir, sie würde ihre Herkunft, ihren Vater annehmen können, wünschte mir, dass sie vielleicht den Weg zu mir, ihrem Vater, finden würde. Die Hoffnung wurde von dem Gedanken, sie verloren und ihr Leben zerstört zu haben, wieder zunichte gemacht.

Ich versuchte herauszufinden, wo Alma war. Die Adoptiveltern legten den Telefonhörer auf, sobald ich mich am Apparat meldete. Endlich fand ich eine Mitstudentin, die mir Auskunft gab. Alma hätte einen Nervenzusammenbruch erlitten und sei in einem Sanatorium. In welchem sie sich aufhielt, wusste sie nicht.

Ich weiß nicht, wie ich die Zeit überbrückte, es waren einige Monate, aber ich schöpfte Hoffnung. Alma wurde betreut. Sie lebte, und ich lebte.

Es war an einem Sonntagnachmittag, als es an meiner Wohnungstür klingelte. Ich öffnete die Tür und blickte in den Flur.

»Ich muss mit dir reden, Aaron, über vieles, über alles«, sagte Alma.

DREIZEHN

Wir redeten bis in die Nacht. Ich erzählte Alma, und Alma erzählte mir. Auch Albrecht und Maria Lohse hatten ihr Schweigen gebrochen.

Alma war in einem Rettungsboot der »Gustloff« als eine der wenigen Überlebenden unter einer Plane gefunden worden. Sie hatte nur überlebt, weil sie einen Lammfellmantel mit Kapuze trug und zusätzlich in eine dicke Decke gewickelt worden war. Außer ihr waren alle Menschen in dem Boot umgekommen. Albrecht Lohse, Bootsmann eines der Schiffe, die zur Rettung der Schiffbrüchigen gekommen waren, hatte Alma gefunden und gerettet.

Alma war vollkommen gesund. Als sie aufwachte und man sie fragte, wie sie heiße, blieb sie stumm. Albrecht Lohse hatte das Kind liebgewonnen und nahm Alma mit zu sich nach Hause. Er war kinderlos verheiratet. Lange schon hatte sich das Paar ein Kind gewünscht. Albrecht Lohse hatte Alma weder in Gotenhafen noch beim Roten Kreuz als »Gustloff«-Findling gemeldet. In den Wirren der Zeit fiel das nicht weiter auf. Er bewahrte Alma vor der Unterbringung in einem Pflegeheim oder Waisenhaus, so dachte er, ohne sich Gedanken über die leiblichen Eltern zu machen, die womöglich noch lebten. Erst in seinem Heimatort Kiel meldete er das Kind bei der Polizei als Findelkind an. Die Polizei machte ein Foto von dem Kind, ohne dass dies weitere Konsequenzen hatte. Es landete in irgend einer Schublade. Niemand nahm Anstoß daran, dass Alma fortan als Kind der Lohses aufwuchs. Das Paar gab ihr den Namen Eva und tat alles für sie.

Zwei Jahre lang blieb Alma stumm. Als sie wieder zu sprechen begann, zeigte sich, dass sie ihr Gedächtnis verloren hatte. Sie hatte keine Erinnerung, weder an das Schiffsunglück noch an die Zeit vorher. Alma war neun Jahre alt, als Maria Lohse ein Cello von ihrem Bruder erbte. Es war ein altes Instrument, das bei ihm jahrelang auf dem Dachboden gestanden hatte. Als sie es zusammen mit Alma auspackte, ließ sie Alma das Cello halten und an den Saiten zupfen. Alma hatte ihr Instrument gefunden. Albrecht und Maria Lohse ermöglichten ihr, Unterricht zu nehmen. Später zogen sie nach Hamburg, damit sie studieren konnte. Das war 1958, in dem Jahr, als Alma meinen Laden betrat.

Meine Tochter wurde eine erfolgreiche Cellistin. Sie spielte unter dem Namen Alma Stern. Später heiratete sie Hilmar Johnson, einen jungen Cellistenkollegen aus dem Orchester. Sie haben zwei Kinder, ein Mädchen und einen Jungen. Ich habe meine Enkel oft betreuen dürfen, während die Eltern konzertierten.

Heute ist Alma 77 Jahre alt. Meine Enkel haben inzwischen selbst drei Kinder. Alle Familienmitglieder spielen ein Instrument, und meine Enkelin Rebecca hat das Geschäft übernommen.

Ich bin heute ein uralter Mann, ich gehe auf die 100 zu. Ich hatte nie die Absicht, meine Geschichte zu erzählen.

Ich habe immer im Hintergrund gelebt. Es war meine Art, meine Vergangenheit und mein Leben zu bewältigen.
Doch ich lebe in Deutschland des Jahres 2016.
Ich empfand es als meine Pflicht, zu sprechen.

Wenn ich nun bald sterbe, werde ich ins Meer gehen mit meinem Cello und so lange spielen, bis mein Gesang erhört wird, bis er sich mit den Seelen der Lebenden und der Toten vereint. Ich werde nicht verzweifelt hinübergehen, sondern mit Hoffnung.

Hamburg, im Februar 2016
Aaron Stern

Alles, was wir tun können, ist: Addieren, die Summe versammeln, aufzählen, notieren. Aber diesen tollkühnen sinnlosen Mut zu einem Buch müssen wir haben! Wir wollen unsere Not notieren, mit zitternden Händen vielleicht, wir wollen sie in Stein, Tinte oder Noten vor uns hinstellen, in unerhörten Farben, in einmaliger Perspektive, addiert, zusammengezählt und angehäuft, und das gibt dann ein Buch von 200 Seiten.

Wolfgang Borchert

GEDENKTAFELN

Die Gedenktafeln sind in Hamburg an den Landungsbrücken, Eingang Brücke 3 angebracht.

Tafelinschrift »St. Louis«:

Am 13. Mai 1939 verließen über 900 Flüchtlinge – fast alle waren deutsche Juden – den Hamburger Hafen mit dem deutschen Schiff »St. Louis«, das sie nach Kuba bringen sollte, um der nationalsozialistischen Verfolgung zu entkommen. Ihre Hoffnung zerbrach, als die kubanischen Regierung ihre Einreiseerlaubnis zurückzog.

Nach tagelanger Ungewissheit konnten lediglich 23 jüdische Passagiere in Havanna einreisen. Auf der Suche nach einem Aufnahmeland zur Rettung der auf dem Schiff verbliebenen Flüchtlinge unternahm Kapitän Gustav Schröder eine vieltägige Irrfahrt mit der »St. Louis«. Die Weltöffentlichkeit wurde auf das Schicksal der verzweifelten Passagiere aufmerksam.

Die Reise der »St. Louis« endete am 17. Juni 1939 im Hafen von Antwerpen, denn die Niederlande, Großbritannien und Frankreich gewährten den Passagieren Zuflucht.

Später gerieten dennoch zwei Drittel von ihnen in die Gewalt der Nationalsozialisten, die sie dann zu Hunderten ermordeten.

Tafelinschrift »Exodus 1947«:

Im Sommer 1947 versuchten über 4500 jüdische Holocaust-Überlebende von Frankreich aus mit dem Haganah-Schiff »Exodus« in das damalige britische Mandatsgebiet Palästina zu gelangen. In internationalen Gewässern vor der Küste von Haifa wurde das Schiff von britischen Kriegsschiffen gerammt und nach schweren Kämpfen an Bord in den Hafen von Haifa geschleppt.

Die Briten brachten die Flüchtlinge gewaltsam auf drei Schiffe und schickten sie nach Frankreich zurück. Dort weigerten sie sich, von Bord zu gehen. Auf Befehl der britischen Regierung fuhren die Schiffe weiter nach Hamburg, von wo die Menschen gegen ihren Willen zwischen dem 8. und 10. September von der britischen Besatzungsmacht in zwei Lagern bei Lübeck interniert wurden.

»Exodus 1947« weckte die Welt auf und war ein Anstoß zur UN-Abstimmung, die zur Gründung des Staates Israel führte.

ABKÜRZUNGEN UND WORTERKLÄRUNGEN

UNRRA: United Nations Relief and Rehabilitation Administration.

Die Nothilfe- und Wiederaufbauverwaltung der Vereinten Nationen.

Hauptaufgabe der UNRRA war die Unterstützung der Militäradministration bei der Repatriierung der sogenannten Displaced Persons (DP bzw. DPs).

HAGANAH: Die Haganah (hebräisch: Verteidigung) war eine zionistische Militärorganisation in Palästina während des britischen Mandats.

JOINT: Das Joint Distribution Committee ist eine seit 1914 vor allem in Europa tätige Hilfsorganisation US-amerikanischer Juden für jüdische Glaubensgenossen.

BRICHAH: (hebräisch: Flucht) Untergrundbewegung, die zwischen 1944 und 1948 Juden die Flucht und die illegale Einwanderung nach Palästina ermöglichte.

ZITATE

Zitat: William Faulkner aus: *Requiem für eine Nonne*

Zitat: Wolfgang Borchert aus: *Im Mai, im Mai schrie der Kuckuck*

LITERATUR

Einige Sachbücher zum Thema der »Flüchtlingsschiffe«, deren Informationen u.a. in den Roman eingeflossen sind.

Reinfelder, Georg, MS »St. Louis«, Frühjahr 1939 – Die Irrfahrt nach Kuba, Teetz 2002
 (hierin enthalten ist das Reisetagebuch des Erich Dublon)

Mautner Markhof, Georg J.E., Das St. Louis-Drama, Hintergrund und Rätsel einer mysteriösen Aktion des Dritten Reiches, Graz, Stuttgart 2001

Schwarberg, Günther, Die letzte Fahrt der Exodus, Das Schiff, das nicht ankommen sollte, Göttingen 1988

DANK

Den Autoren und Autorinnen Jean Améry, Esther Bejarano, Szymon Laks, Anita Lasker Wallfisch, Primo Levi, Philip Mechanicus und vielen anderen, die über ihr Leben in den Lagern berichtet haben und deren Erfahrungen in den Roman eingegangen sind.

Das Neueste aus der Gmeiner-Bibliothek

Unser Lesermagazin

Bestellen Sie das kostenlose Krimi-Journal in Ihrer Buchhandlung oder unter www.gmeiner-verlag.de

Informieren Sie sich ...

www ... auf unserer Homepage:
www.gmeiner-verlag.de

@ ... über unseren Newsletter:
Melden Sie sich für unseren Newsletter an unter www.gmeiner-verlag.de/newsletter

f ... werden Sie Fan auf Facebook:
www.facebook.com/gmeiner.verlag

Mitmachen und gewinnen!

Schicken Sie uns Ihre Meinung zu unseren Büchern per Mail an gewinnspiel@gmeiner-verlag.de und nehmen Sie automatisch an unserem Jahresgewinnspiel mit »mörderisch guten« Preisen teil!

WWW.GMEINER-VERLAG.DE
Wir machen's spannend